DE MARGUERITE !

# Les Amours tragiques de Marguerite de Bourgogne

2f75

# Les Amours Tragiques de Marguerite de Bourgogne

par H. DE BOIS GUILLAUME

Collections hebdomadaires du Livre National
ROMANS CÉLÈBRES DE DRAME ET D'AMOUR
ÉDITIONS JULES TALLANDIER
75, Rue Dareau, PARIS (XIVe)

ROMANS CÉLÈBRES DE DRAME ET D'AMOUR

H. DE BOISGUILLAUME

# Les Amours tragiques de Marguerite de Bourgogne

ÉDITIONS JULES TALLANDIER
75, Rue Dareau, PARIS (XIVᵉ)

# Les Amours tragiques de Marguerite de Bourgogne

## I

### L'ORDRE DU ROI

Nous sommes en l'an de grâce 1312, aux environs de la petite ville d'Andeli.

Une brume épaisse couvre la Seine et s'étend au loin sur ses rives.

A travers ces ondes grises qui rampent sur le sol, les choses et les gens se distinguent à peine. Leurs formes imprécises flottent comme des fantômes, dans un remous de nuages. On se croirait transporté dans les Enfers antiques où les ombres des morts erraient dans les ténèbres diaphanes.

Mais voici que le décor change.

Lentement, les lourdes vapeurs du matin s'irisent et se fondent à la chaleur du soleil de septembre. Le sommet d'un donjon, une ceinture de tours étroitement reliées ensemble, de hautes murailles crénelées apparaissent successivement. Enfin c'est la silhouette grandiose d'une formidable forteresse qui se profile, sombre et sinistre, sur l'écran bleu du ciel.

Cette forteresse, ce colosse de pierre dont la masse imposante se dresse sur un énorme roc taillé à pic, c'est la place de guerre réputée la plus forte de l'époque, c'est le Château-Gaillard.

Que le lecteur imagine sur la croupe abrupte d'une roche coupée de bancs de silex noir une première enceinte triangulaire, entourée de fossés profonds, de quinze mètres de largeur, et défendue par cinq tours dominant la campagne environnante.

Qu'il se représente ensuite, précédant cet ouvrage avancé et communiquant avec lui par un pont-levis, une deuxième enceinte de murs crénelés dans laquelle se trouve la citadelle formée de dix-neuf tours contiguës de trois mètres d'épaisseur. Qu'il complète enfin cet ensemble formidable par un donjon aux murs épais de cinq mètres se dressant, du centre de la citadelle à plus de cent mètres du niveau de la Seine ; qu'il meuble ces deux enceintes d'une chapelle, de l'habitation du gouverneur, d'écuries, de bâtiments pour la garnison ; qu'il creuse dans le roc deux puits de quatre-vingts mètres de profondeur ; qu'il sillonne le sous-sol de souterrains reliant toutes les tours, et il n'aura qu'une idée imparfaite des moyens de défense qui faisaient du Château-Gaillard une des plus célèbres et des plus redoutables forteresses du moyen âge.

Que de crimes ne pouvait-on pas commettre à l'abri de ces rocs insensibles et muets, derrière ces murailles épaisses où s'éteignaient les cris, où s'étouffaient les sanglots, sans que le haut et puissant maître de céans eût à craindre d'autre châtiment que la justice de Dieu ?

Cette place de guerre, qui commandait la Seine et passait alors pour être la clef de la Normandie, avait été construite par Richard Cœur de Lion,, roi d'Angleterre, pour se défendre contre les attaques du roi de France.

Richard surveilla lui-même les travaux, en fut l'ingénieur, et activa tellement la construction, qu'elle fut, à en croire certains chroniqueurs, achevée en un an. On raconte qu'à la vue de sa forteresse, dont le haut donjon s'élevait dans le ciel, comme un défi, Richard ne put retenir ce cri d'un légitime orgueil : « Qu'elle est belle, ma fille d'un an ! » On peut ajouter que jamais fille ne fut plus enviée ni mieux gardée.

Pendant dix ans, Philippe-Auguste avait eu la hantise de cette conquête, mais il dut attendre, pour réaliser son rêve, que Richard fût couché dans la tombe.

Cette mort inespérée fut, pour le roi de France, un coup de fortune.

Au lieu d'un redoutable rival à la bravoure légendaire, il allait désormais avoir devant lui le frère et le successeur de Richard à la couronne d'Angleterre, Jean sans Terre, plus habile à ourdir une intrigue qu'à manier l'épée.

L'occasion était trop tentante pour ne pas se hâter d'en profiter.

Aussi, le premier soin de Philippe-Auguste fut-il de rassembler une armée, et de mettre le siège devant le Château-Gaillard. Il prit en personne la direction des opérations, et mit en œuvre les machines de guerre les plus perfectionnées de l'époque. Mais la place offrait de tels moyens de défense, qu'après un siège de huit mois il fallut la complicité de la famine et de la trahison pour briser la résistance des assiégés.

Ce fait d'armes fut considéré par les historiens de l'époque comme un des événements les plus mémorables du règne de Philippe-Auguste.

On comprend dès lors le prix que les rois de France attachaient à la conservation de cette forteresse, et l'importance qu'ils donnaient au choix de son gouverneur.

Au moment où cette histoire commence, Philippe le Bel, qui régnait alors, avait nommé à ce poste d'honneur et de combat le seigneur Eudes de Bellozanne.

Nul d'ailleurs n'était plus digne de cette confiance.

A la bataille de Courtrai, Philippe le Bel, séparé un instant de son escorte, était devenu le point de mire d'archers flamands. Eudes de Bellozanne, alors simple chevalier, s'était jeté au-devant du roi, pour lui faire un rempart de son corps, et était tombé percé d'une flèche en pleine poitrine. Après une lutte de plusieurs mois entre la vie et la mort, la vigueur de sa constitution avait pris le dessus, et il ne lui était resté de cette aventure qu'une cicatrice glorieuse, et un écu d'azur à la flèche d'argent pointée de gueules, barrant au cœur une fleur de lys d'or.

Ces armes parlantes, destinées à perpétuer un geste héroïque, étaient une sorte de pacte conclu entre le roi reconnaissant et le loyal serviteur. Le roi n'avait qu'à commander : il était sûr d'être obéi.

Encore fallait-il que cette obéissance ne fût pas contraire aux lois de la Chevalerie, car si le loyal gentilhomme avait un culte pour son roi, il plaçait à un degré plus haut encore le respect de sa conscience. Sur ce point, pas de compromis possible. Il n'eût pas hésité à briser son épée plutôt que de la tirer pour une cause injuste, ou une basse besogne. Il suffisait d'ailleurs de voir la noble et mâle prestance de sa personne, ses traits énergiques, sa barbe grisonnante et taillée en brosse, son regard droit et clair, pour deviner, sous cette rude écorce d'un soldat de cinquante ans, une âme fière et un cœur résolu.

Chacun subissait l'ascendant de cette nature d'élite, dont la fermeté n'excluait pas la bonté et la belle humeur ; aussi, parmi les trois cents hommes de la garnison, n'en était-il pas un qui ne fût prêt à risquer sa vie pour son capitaine.

Tel était, esquissé à grands traits, le gouverneur que nous trouvons, au petit jour, en train de parcourir les chemins de ronde du Château-Gaillard. A l'exemple des navigateurs, le sire de Bellozanne ne connaissait pas de pire ennemi que le brouillard. N'avait-on pas tout à craindre de cette brume traîtresse dans les plis de laquelle on pouvait s'envelopper pour se glisser sous les remparts et en tenter l'escalade ? Aussi le gouverneur s'était-il attardé plus que de coutume à l'inspection des souterrains, des poternes et du pont-levis, interrogeant les guetteurs, sondant lui-même penché sur les fossés, les angoissantes vapeurs du matin.

Cette minutieuse promenade ne cessa qu'au moment où le soleil perçant les nuées, apparut dans tout son éclat.

Son rôle de gouverneur étant rempli, le sire de Bellozanne put, en toute liberté, vaquer à ses devoirs d'amphitryon.

Il avait, en effet, reçu la veille, la visite de deux seigneurs du voisinage, les sires Jean de Croisi et Drocon de Montigni, et avait organisé en leur honneur une chasse à courre dans la forêt d'Andeli.

Tout l'équipage de la chasse, valets de limiers, sonneurs d'olifant, archers à pied, était rassemblé dans la cour de Lasci. Le sire de Bellozanne et ses hôtes venaient de se mettre en selle ; le grand veneur allait donner le signal du départ, quand tout à coup le son du cor retentit.

Tous les assistants surpris prêtèrent l'oreille.

Le cor se fit entendre une seconde fois.

— C'est le guetteur du donjon, déclara le sire de Bellozanne. Roger, va voir ce qui se passe là-haut. Ne perds pas un instant : nous t'attendons.

L'écuyer auquel cet ordre s'adressait remit au gouverneur les rênes du cheval qu'il tenait en main, et partit en courant vers la haute tour dont les créneaux se dentelaient sur l'azur.

— C'est étrange ! ajouta le sire de Bellozanne, qui donc peut-on signaler à cette heure matinale ?

— Peut-être une bande de routiers, hasarda Jean de Croisi.

— Gageons plutôt que c'est encore un parti d'Anglais, répliqua de Montigni.

— Nous serons vite fixés, observa le gouverneur. Roger a des jarrets d'acier, mais encore est-il qu'il a trois cent vingt marches à monter, et l'escalier du donjon est étroit et sombre. S'il vous plaît, messeigneurs, nous irons à sa rencontre.

— Volontiers, firent les gentilshommes, en mettant pied à terre. Et, aussitôt, ils se dirigèrent, avec le sire de Bellozanne et tous ceux qui suivaient avidement les phases de cet incident, vers l'entrée du donjon.

L'attente ne fut pas de longue durée.

Bientôt, des pas précipités, sourds d'abord, puis distincts et sonores, se font entendre, et, quelques instants après, Roger apparaît, hors d'haleine, étourdi par sa descente vertigineuse.

— Eh bien? interroge le gouverneur.

— Un messager du roi

— Seul?

— Non, avec une escorte de cavaliers.

— Sur quelle route?

— De Paris.

— Où sont-ils?

— En face de l'île d'Andeli.

— Quelle allure?

— Petit galop.

— Par saint Denis! s'écrie le gouverneur, ils seront ici dans un quart d'heure.

Et, se tournant vers un des chevaliers qui l'entourent :

— Robert, va faire lever la herse, et abaisser le pont-levis. Rappelle-toi que les hommes de garde doivent faire la haie, heaume en tête et hallebarde au pied. Dès son arrivée, tu conduiras le messager à la salle de garde, où nous lui ferons tous loyal et courtois accueil.

— Noël! Noël! crient les hommes de la garnison, escomptant déjà la nouvelle de la visite prochaine du roi, accompagnée de ripailles et de largesses.

Et tous, le sire de Bellozanne en tête, se rendent à l'habitation du gouverneur, où doit avoir lieu la réception.

La salle de parade occupait la plus grande partie du rez-de-chaussée. La décoration en était sombre et sévère. Aux murs nus étaient suspendus les bannières de France, et les étendards d'Angleterre livrés par l'ennemi lors de la capitulation de la place; riches trophées dont un demi-jour éteignait les broderies d'orfroi. Au fond, au-dessus d'une estrade de quatre marches, un dais de soie bleue semée de fleurs de lys d'or abritait un fauteuil recouvert en basane dorée et surmonté d'un écusson en bois sculpté, aux armes du roi. C'était là que Philippe-Auguste, Saint Louis, Philippe le Bel étaient venus recevoir les serments de fidélité et d'obéissance de leurs sujets, lors des fréquentes visites dont ils avaient honoré le Château-Gaillard.

En l'absence du roi, le fauteuil du gouverneur était placé au bas de l'estrade.

De chaque côté se trouvaient les sièges réservés aux chevaliers et aux gentilshommes.

Les écuyers et les sergents se tenaient dans la salle des gardes, qui précédait, comme un grand vestibule, la salle d'honneur.

Le sire de Bellozanne venait à peine d'arriver, en compagnie de ses hôtes, que le son du cor, trois fois répété, annonça que le messager venait de franchir le pont-levis.

Aussitôt une rumeur s'éleva dans la cour, grossissant de proche en proche, à mesure que le cortège approchait de l'habitation du gouverneur.

La curiosité des hommes de la garnison était vivement excitée par l'importance de l'escorte, la belle prestance du messager, l'élégance de son costume, et la richesse de ses armes. On devinait un personnage de marque, et on en déduisait tout naturellement qu'il apportait de graves nouvelles.

Encore quelques instants, et l'impatience de la foule allait être satisfaite. Le messager venait en effet de franchir le seuil de la salle des gardes au milieu d'un public devenu subitement attentif et silencieux.

Son escorte était restée au dehors, et un seul chevalier tenant en main l'oriflamme royale aux fleurs de lys d'or, l'accompagnait.

Sur son passage, les hommes d'armes faisaient la haie, hallebarde au pied.

Arrivé devant le gouverneur, il s'inclina :

— Messire Eudes de Bellozanne, dit-il d'une voix forte et bien timbrée, le roi Philippe, que Dieu garde, m'a chargé, moi, Jean de Brienne, baron de Saint-Jean d'Acre, d'un message pour votre seigneurie, avec ordre exprès de le lui remettre sans témoins.

A ces mots, les assistants se regardent avec un étonnement voisin de la stupéfaction.

Pourquoi cette dérogation à tous les usages ?

Quel peut donc être le contenu de ce pli mystérieux

Le sire de Bellozanne ne leur laisse pas le temps d'échanger leurs impressions.

— Que tout le monde se retire. Messeigneurs, insiste-t-il en se tournant vers les hôtes qui semblaient l'interroger du regard, l'ordre du roi est formel. Nous n'avons qu'à nous incliner.

Les seigneurs, décontenancés, sortent lentement dans un bruit de murmures, et le gouverneur reste seul avec le messager.

Après avoir pris soin de pousser lui-même les lourds verrous de la porte, le sire de Bellozanne regagne sa place, au bas de l'estrade.

— Nous sommes seuls, maintenant, dit-il. Messire, je vous écoute.

Le chevalier de Brienne enlève aussitôt sa cote d'armes, ouvre sa casaque de cuir, en retire un pli en parchemin et le remet au gouverneur en lisant à haute voix cette suscription :

« Le roi de France au sire Eudes de Bellozanne, gouverneur du Château-Gaillard.

« Message personnel et confidentiel. »

— Par saint Denis ! murmure le sire de Bellozanne, voilà qui est étrange !

En même temps, il brise le sceau royal et lit ce qui suit :

« Nous, Philippe, quatrième du nom, ordonnons par les présentes à notre cher et fidèle sujet, messire Eudes de Bellozanne, capitaine gouverneur de notre Château-Gaillard, de recevoir et garder prisonnière, tant que tel sera notre bon plaisir, la noble et haute dame masquée que nos gens d'armes lui amèneront ce jourd'hui au coucher du soleil. Lui enjoignons en sus de raser la tête de la prisonnière le lendemain de son arrivée, et ce dans la chapelle du château, en présence du chapelain, après qu'elle aura ouï la sainte messe, et que son masque lui aura été enlevé. La prisonnière sera logée dans la tour de Boutavant et traitée avec les plus grands égards.

« Vous m'en répondez sur votre tête.

« Cinquante bonnes lances iront à sa rencontre dans la forêt d'Andeli, jusqu'au carrefour des Trépassés, et assureront sa bonne arrivée.

« Sur ce, nous prions Dieu qu'il vous ait en sa garde.

« PHILIPPE. »

Le sire de Bellozanne relit cette lettre, lentement, sans qu'un geste, une contraction du visage, un froncement de sourcils laisse percevoir la moindre émotion.

Puis, il lève la tête, regarde le sire de Brienne d'un œil assuré, et lui dit, sans se départir un instant du calme qu'il s'imposait :

— Messire, j'ai pris connaissance du message du roi. Ses ordres seront exécutés.

## II

### L'EMBUSCADE

La petite troupe chargée de conduire au Château-Gaillard la noble prisonnière avait quitté la veille le château royal de Pontoise, et était arrivé vers le soir au château de Gisors, où elle avait passé la nuit.

On s'était remis en route le lendemain par une claire et belle matinée, et le voyage, en dehors des arrêts inévitables dans des chemins semés de fondrières, semblait devoir se continuer sans incident.

L'inconnue était assise à l'avant d'un long chariot recouvert d'une toile épaisse et traîné par quatre chevaux vigoureux. Vêtue d'une robe de bure, la tête à demi cachée sous un voile noir, pâle sous le masque de cuir fauve qui s'arrêtait au milieu du visage, elle semblait prostrée sous le poids d'une profonde douleur. A la voir, pensive, les yeux fixes, le menton appuyé dans la paume de sa main droite, on l'eût prise pour le vivant symbole du désespoir.

C'est à peine si, d'une voix sourde, elle répondait au baron de Montfort, quand il s'efforçait, par d'aimables propos et des attentions délicates, d'amener un sourire sur ces lèvres, exquises de grâce et de fraîcheur, mais fermées comme un mystérieux bouton de rose qui ne voudrait pas exhaler son parfum. Elle n'avait pas remarqué davantage les regards curieusement admiratifs que chacun des vingt cavaliers de l'escorte n'avaient pas manqué de glisser vers elle en chevauchant à ses côtés.

Elle fût vraisemblablement restée abîmée dans sa rêverie jusqu'au terme du voyage, si, au commandement du baron de Montfort, la troupe ne s'était soudainement arrêtée.

On se trouvait alors au bas d'un chemin creux, à l'orée d'une clairière où trois routes en éventail venaient aboutir.

Le soleil, au déclin de sa course, empourprait la cime des chênes, pendant que, dans les profondeurs des bois, ses flèches d'or perçaient les noires frondaisons. Des quartiers de rocs éboulés se dressaient çà et là en des formes étranges et achevaient de donner à cet endroit un aspect sinistre.

D'après la position du soleil, la durée du voyage et la configuration des lieux, le baron de Montfort se crut arrivé au point indiqué pour sa rencontre avec l'escorte du Château-Gaillard.

Un de ses hommes, qui paraissait familier avec cette région, lui enleva toute hésitation :

— Voyez-vous, messire, lui dit-il, cette croix de pierre à moitié cachée dans la mousse? Elle marque l'endroit où le seigneur de Lyons et son écuyer furent assassinés par une bande d'écorcheurs, il y aura bientôt cinquante ans. C'est de là qu'est venu le nom de carrefour des Trépassés. On conte dans le pays que les ombres des victimes errent souvent au clair de lune, en faisant entendre des gémissements et des sanglots.

— Messire, interrompit l'inconnue, dont ces derniers mots avaient secoué la torpeur, ne craignez-vous pas qu'en nous attardant ici nous ne soyons surpris par la nuit?

— Noble dame, répondit le baron de Montfort en s'inclinant galamment, je suis marri de ne pouvoir, comme vous le désirez, donner l'ordre de marcher en avant, mais, de ces trois chemins, l'un, m'assure-t-on, se dirige vers la droite, et l'autre vers la gauche de Château-Gaillard, et nous ignorons par où viendra l'escorte envoyée à notre rencontre.

— Si vous le permettez, messire, proposa Jean de Brémontier, je vais aller reconnaître une de ces routes et presser l'allure de nos amis, si j'ai l'heur de les rejoindre.

— Soit, mais prenez d'Entraigues avec vous.

— Sa bête est fatiguée et ralentirait ma course.

— Partez donc seul, et menez grand train.

Le jeune chevalier salua d'un geste gracieux la dame masquée et enfonça en même temps ses éperons dans les flancs de sa monture. Le fier animal se cabra avec un hennissement de douleur, mais, maintenu par une poigne de fer, il disparut bientôt, emporté dans un galop furieux.

Le baron de Montfort, debout sur un tertre de gazon, suivait du regard le jeune cavalier, dont la silhouette s'estompait de plus en plus dans le lointain, quand une flèche, tirée d'un fourré voisin, vint, avec un bruit sec, se briser sur sa cuirasse.

— Alerte! cria-t-il. Tous à cheval autour du chariot.

Cet ordre était à peine exécuté que plusieurs flèches sifflèrent à la fois.

Un cri de douleur...

Un cavalier tombe de cheval, la gorge traversée de part en part. Le sang coule à flots de sa blessure. Des camarades s'empressent autour de lui et lui enlèvent son casque. Mais son teint est déjà livide, son œil vitreux, et il expire, après une courte agonie.

Le baron de Montfort est accouru. Il met un genou en terre, retire son gantelet et, d'une main tremblante, ferme les yeux de son compagnon d'armes.

— Il est mort en brave. Que Dieu ait son âme, dit-il en traçant en l'air le signe de la croix.

Puis, il se relève.

— Par saint Denis! s'écrie-t-il, s'il vous

plaît, messieurs, nous le vengerons bellement.

— Par les cornes du diable, je le jure! réplique un cavalier à barbe grise ; mais, en attendant, mon capitaine, nous sommes pris dans une souricière, et je ne vois pas le moyen d'en sortir.

Le baron de Montfort le regarde en face :

— Avec l'aide de Dieu et une bonne épée, on en sort toujours, mon brave Montégut.

Ces paroles, quoique dites avec une mâle assurance, ne paraissent guère convaincre le vieux soldat.

— Possible, répondit-il en hochant la tête ; n'empêche que, si cela continue, nous serons lardés comme des chapons à la broche.

En effet, les flèches continuent à fendre l'air de plus belle.

Les soldats d'élite dont se compose la petite troupe frémissent de rage, impuissants contre cet ennemi invisible.

Marcher en avant, c'est peut-être s'engager dans le mauvais chemin. Rester sur place, c'est la mort certaine.

Le baron de Montfort, admirable de sang-froid, a toujours les yeux fixés sur la route où chevauche au loin Jean de Brémontier, car c'est de là, pense-t-il, que doit venir le salut.

Soudain, un groupe de cavaliers apparaît.

Mais ce n'est sur aucune des deux routes d'Andeli.

Les cavaliers approchent de toute la vitesse de leurs montures.

Déjà, ils ne sont plus qu'à quelques centaines de pas.

Amis ? ou ennemis ?

Le doute n'est pas de longue durée.

A leur équipement, le baron de Montfort a reconnu les écorcheurs, ces bandits farouches organisés en corps francs, qui pillent et terrorisent les campagnes. Il dispose ses gens sur deux lignes, la lance en arrêt, se met à leur tête et attend.

L'ennemi s'arrête.

Un coup de sifflet strident part de ses rangs.

Aussitôt, les archers embusqués dans le bois cessent leur tir.

Les archers et les écorcheurs ont donc combiné leur attaque et obéissent au même chef.

La situation devient critique.

Et toujours rien à l'horizon.

Cependant, un cavalier bardé de fer s'est détaché des rangs ennemis. Il s'avance au pas, visière baissée, épée au fourreau, à trois longueurs de lance du baron de Montfort.

— Chevalier de Montfort, je n'en veux à votre vie ni à celle de ces braves gens. Livrez-nous votre prisonnière et vous pourrez vous retirer en liberté.

Au son de cette voix, l'inconnue s'était levée comme mue par un ressort, et, penchée en dehors de la voiture, elle suivait, haletante, les péripéties de cette scène.

— Le roi, notre sire, m'a confié la garde de cette noble dame et, j'en jure Dieu, vous ne l'aurez qu'avec ma vie.

— En garde donc, baron de Montfort, et que le ciel décide entre nous.

— Je n'accepte pas de cartel d'un chef d'écorcheurs.

— Ce chef d'écorcheurs est un bon chevalier armé, comme vous, par le roi.

— Alors, haut la visière et proclamez votre nom.

— Je suis Gautier d'Aulnay.

Et, en même temps, il découvrait son visage.

— Gautier ! s'écrièrent plusieurs cavaliers, à la vue du compagnon d'armes qu'ils avaient bien connu.

— Oui..., tu es bien le chevalier félon, voleur d'amour, traître à l'honneur.

— Le félon, baron de Montfort, c'est le chevalier couard et sans cœur, valet d'un Marigny et geôlier d'une femme.

— Assez, par la mort de Dieu ! je vais te rentrer tes insultes dans la gorge, hurla le baron de Montfort, brandissant son épée.

Aussitôt, les lames se croisent et un duel terrible, sans merci, s'engage entre les deux adversaires.

Les échorcheurs et les gens du roi, immobiles, suivaient en connaisseurs les phases de ce tournoi imprévu. Gautier avait la fougue et la témérité de la jeunesse ; de Montfort l'adresse et l'expérience d'une longue pratique des armes. L'un attaquait avec rage ; l'autre paraît avec sang-froid, laissant son adversaire s'épuiser en efforts inutiles.

Gautier, sentant son bras faiblir rassemble son énergie dans un suprême élan et fond sur son rival avec une telle impétuosité, que l'épée, faussant un brassard, pénètre profondément dans l'épaule gauche.

Le sang ruisselle sur l'armure.

— A mon tour, vocifère de Montfort.

— Gautier, pour l'amour de moi, sauve-toi ! Voici les gens de Château-Gaillard !

A ce cri, où frémit une suprême angoisse, où s'exhale la passion d'un cœur affolé, à cette voix divine, évocatrice de baisers, de caresses, d'étreintes ineffables, Gautier, absorbé tout à coup dans l'ivresse des souvenirs d'hier, oublie le baron de Montfort. Comment penser à la mort quand il entend l'appel de l'adorée, qui est pour lui la vie et l'amour ? A elle, à elle seule vont ses regards, sa pensée, toutes les forces de son être. Il se tourne vers l'inconnue, et ce mouvement découvre le défaut de sa cuirasse.

Aussitôt, il sent dans sa poitrine le froid de l'acier.

L'épée s'échappe de sa main défaillante.

— Je meurs pour toi, Mar...

Il n'a pas la force d'achever. Deux de ses hommes, accourus à son secours, le maintiennent en selle et s'éloignent aussi vite que le permet la gravité de la blessure.

La prisonnière s'est dressée, les yeux hagards, affolée de rage et de douleur, le poing tendu vers le meurtrier.

— Gautier, mon Gautier... tu l'as tué !... assassin !... assassin !...

Puis, son bras retombe inerte, ses traits convulsés se détendent, ses paupières s'abaissent, et, au moment où la troupe de Château-Gaillard, le sire de Bellozanne et Jean de Brémontier en tête, fait sa jonction avec les gens du roi, elle s'évanouit.

## III

### AU CHATEAU-GAILLARD

Quand l'inconnue revint à elle, il était nuit. A la lueur vacillante d'une mèche fumeuse, elle aperçut deux hommes au pied de son lit.

L'un lui tenait la main, comptant les pulsations. L'autre dirigeait sur son pâle visage la clarté falote d'une lampe de bronze, épiant ses moindres mouvements et suivant avec angoisse son retour à la vie.

— Eh bien ! maître Gorguet ?

— La crise est passée ; le pouls devient régulier ; le sang remonte à la peau.

— Enfin ! murmura le sire de Bellozanne, qui, depuis une heure, s'efforçait, avec le médecin d'Andeli, mandé en toute hâte, de ranimer la prisonnière.

— Voyez, ses yeux s'entr'ouvrent. Mais elle peut à peine respirer sous ce masque. Il faut le lui enlever.

— C'est impossible avant demain.

— Comment ! Quand une femme est à deux doigts de la mort !

— C'est l'ordre du roi.

Maître Gorguet se tut. Il comprit que cet argument était sans réplique.

— Le roi est bien cruel, gémit la pauvre femme.

Ces mots, prononcés d'une voix blanche, prirent, dans le silence de ces voûtes de pierre, la solennité d'un jugement d'outre-tombe.

Pour la première fois, le sire de Bellozanne trouva pénible l'obéissance à son roi.

Désireux d'abréger cette scène, il s'approcha de la table et frappa un timbre d'une tige de métal.

Une femme entra.

— Dame Brigitte, lui dit le gouverneur, vous passerez la nuit auprès de cette noble dame. Vous l'entourerez des plus grands soins, en vous conformant scrupuleusement aux prescriptions de maître Gorguet. Un valet sera de garde sur le palier. Vous me ferez prévenir si la moindre complication se produit. J'arriverai immédiatement.

Puis, il vint près du lit et se découvrit avec respect.

— Dieu vous garde, noble dame ! dit-il d'une voix presque attendrie et où se devinait la pitié inspirée par la prisonnière.

Pendant ce temps, le médecin avait donné des instructions à la chambrière et il rejoignit le gouverneur qui l'attendait à la porte.

Grâce à une potion calmante, la prisonnière ne tarda pas à s'endormir d'un sommeil paisible.

Une fois, cependant, elle se dressa tout à coup sur son séant, ouvrit les yeux, tendit les bras comme pour saisir un être imaginaire et les referma sur sa poitrine : « Viens, mon Gautier..., je te guérirai », murmura-t-elle d'une voix haletante. Puis, sentant qu'elle n'étreignait qu'un fantôme, elle se réveilla, regarda autour d'elle et retomba sur sa couche, secouée par un long sanglot.

Le reste de la nuit se passa sans incident, et quand, aux premières lueurs du jour, le gouverneur entre-bâilla doucement la porte, il eut la satisfaction de constater que l'inconnue dormait encore.

A voix basse, il donna l'ordre de le prévenir dès qu'elle serait réveillée.

Le soleil dorait déjà les vitraux de la haute fenêtre, quand la prisonnière ouvrit les yeux.

Ses regards se portèrent d'abord sur les murs de pierre, entièrement nus, qui donnaient à cette grande pièce voûtée l'aspect d'une prison.

Puis, elle examina le mobilier, dont l'inventaire fut rapide, car, en dehors du lit très large et élevé de deux marches, il ne se composait que d'une table massive, d'un fauteuil à dossier droit recouvert de basane gaufrée, de deux escabeaux, d'un bahut sculpté et d'une grande armoire scellée dans le mur.

Dame Brigitte se tenait debout à son chevet.

— Où suis-je ? demanda-t-elle.

— Au Château-Gaillard, noble dame, dans la tour de Boutavant.

— Où donne cette fenêtre ?

— Sur l'escarpement de la première enceinte, avec une belle vue sur la campagne et la forêt d'Andeli.

— La forêt d'Andeli... Ah ! oui, je me rappelle...

Et elle tressaillit à l'évocation subite de la scène tragique de la veille.

Puis, après un long silence :

— Je désirerais parler au gouverneur.

— Je vais le faire demander, répondit la chambrière d'un air empressé.

Elle dépêcha le valet de garde et, quelques instants après, le sire de Bellozanne arrivait auprès de la prisonnière.

— Messire, lui dit-elle de sa voix la plus aimable, n'est-ce point aujourd'hui que vous allez me délivrer de cet horrible masque ?

— Aujourd'hui même, noble dame, si, comme je le souhaite, vos forces vous permettent d'assister à la messe dans la chapelle du château.

— A quelle heure ?

— Quand il vous plaira.

— En vérité, messire, je ne sais comment vous remercier de tant de courtoisie. Mais serait-il indiscret de vous demander pourquoi ce masque doit m'être enlevé dans la chapelle et non ailleurs ?

— Le roi, notre sire, m'a envoyé à ce sujet des instructions auxquelles je dois me conformer, répliqua le gouverneur, visiblement préoccupé du tour que prenait la conversation.

— En ce cas, je n'insiste plus... Dans une heure, je me rendrai à la chapelle, où dame Brigitte voudra bien me conduire, si vous le permettez.

— Dame Brigitte est à vos ordres.

Et, ce disant, il s'inclina avec respect et sortit.

Le gouverneur avait à peine fermé la porte que la prisonnière se leva.

Elle se ressentait encore des terribles émotions de la veille et éprouvait une lassitude générale, mais la pensée de ne plus sentir son visage comprimé par ce bandeau de cuir faisait passer une lueur de joie dans ses yeux, et ce fut presque souriante qu'elle procéda à sa toilette. Cette toilette était d'ailleurs peu compliquée, puisqu'elle se composait de la robe de bure et du voile noir de la veille, et les soins de la chambrière étaient à peu près inutiles.

Elle prit ensuite un frugal repas, et lorsque les premiers tintements de la cloche de la chapelle se firent entendre, elle était prête à partir.

A ce moment, on frappe à la porte.

Un écuyer vient annoncer à la prisonnière que l'office va commencer et qu'il a mission de lui montrer le chemin.

Elle le suit, descend, en se tenant à la rampe en fer scellée dans le mur, un escalier tournant et étroit, percé çà et là de meurtrières par où filtre un demi-jour, et se trouve bientôt dans une vaste cour, baignée de lumière.

Un petit clocher brille au soleil.

Le ciel est bleu, sans nuages, et l'inconnue, respirant à pleins poumons l'air attiédi, se laisse aller à l'espérance, sous les caresses de cette sereine matinée.

La cour étant déserte, elle gagna le seuil de la chapelle sans avoir à subir la curiosité de regards indiscrets.

A peine a-t-elle franchi le portail, qu'un spectacle inattendu la glace d'effroi.

Les murs de la nef et du chœur sont entièrement tendus d'épaisses draperies noires qui font l'obscurité complète. Les cierges de l'autel piquent seuls les ténèbres de leurs étoiles rouges.

La nef est vide.

Dans les stalles du chœur, des ombres psalmodient l'office des morts.

L'écuyer conduit la prisonnière à un prie-Dieu placé au milieu du chœur et de chaque côté duquel se tiennent debout deux hommes dont les armures frissonnent de reflets rougeâtres. Elle ne tarde pas à reconnaître en eux le sire de Bellozanne et le baron de Montfort, l'assassin du carrefour des Trépassés.

Dans un coin du chœur, un homme vêtu de noir est accroupi sur un escabeau.

Avec une angoisse toujours croissante, la prisonnière se demande ce que signifient ces funèbres préparatifs.

La messe vient de finir ; les chants ont cessé.

L'officiant descend les marches de l'autel et s'approche de la prisonnière. Les mains jointes, il commence le *Miserere*, auquel les chantres répondent de leurs voix sépulcrales.

Quand les paroles du dernier verset se sont égrenées dans le silence, il lève la main droite d'un geste solennel.

— Ma fille, dit-il d'une voix grave, vous avez péché contre votre époux et contre Dieu. L'heure de l'expiation est venue. Priez le souverain juge de vous prendre en pitié et de vous donner la force de subir avec résignation le châtiment de vos fautes.

En entendant ces paroles, la prisonnière croit sa dernière heure venue.

Le prêtre fait un signe ; l'homme noir s'approche.

— Batifas, de par le roi, faites votre devoir.

Le baron de Montfort remet alors au sire de Bellozanne un petit coffret de métal, fermé par un sceau de cire rouge aux armes royales.

Ce dernier brise le cachet, ouvre le coffret et en sort une clef minuscule. Il se tourne alors vers la prisonnière toujours agenouillée, lui enlève son voile et entre la clef dans la petite serrure qui ferme, au-dessus de la nuque, les deux lames de cuivre mince auxquelles le cuir est rivé.

Les lames s'écartent et le masque tombe.

Alors, à la clarté des cierges que tiennent les deux enfants de chœur, apparaît, dans le nimbe d'or pâle d'une opulente chevelure, dont les boucles ruissellent en ondes capricieuses, un visage d'une beauté captivante, faite de grâce juvénile et de tendresse rêveuse à laquelle de grands yeux bleus, emperlés de larmes, ajoutent le charme pénétrant de la douleur.

Devant cette troublante apparition, les

assistants restent immobiles, retenant leur souffle, les yeux perdus dans une admiration fascinatrice.

Cependant, sur un signe du gouverneur, Batifas a passé rapidement la main sous les cheveux de la prisonnière et les a rassemblés dans ses doigts noueux.

En sentant sur son cou le contact avilissant du bourreau, la noble dame s'est redressée, belle de terreur et de fierté :

— Arrière, misérable ! crie-t-elle, en essayant en vain de se dégager. Comment osez-vous porter la main sur une...

— Allons, achevez ! interrompt le gouverneur.

Alors, on voit luire à la flamme des cierges de longs ciseaux d'acier.

— Grâce ! Grâce ! je vous en supplie, gémit-elle, courbée sous le poignet de Batifas.

Et l'on entend ses genoux sonner sur les dalles.

Brisée par tant d'émotion, la pauvre femme s'affaisse, et Batifas doit la soulever par les cheveux pour finir son ignoble besogne.

Elle sent le froid de l'acier passer autour de son crâne.

Et c'est tout !

La sinistre moisson est terminée et gît à ses pieds en une tombée de flocons d'or.

De ses beaux yeux voilés de larmes, elle contemple un instant les longs cheveux que son Gautier aimait tant à dénouer de ses doigts tremblants et sur lesquels semble errer encore la caresse enflammée de ses baisers ; puis, brusquement, elle se baisse, les rassemble dans ses bras et, dévotement, les emporte, comme une relique précieuse, dans la chambre qui va devenir sa prison.

## IV

### LE MARIAGE DU DAUPHIN

Marguerite avait seize ans quand son père, Robert II, duc de Bourgogne, la maria au prince Louis, fils aîné du roi de France.

De ce jeune mari, à peine âgé de dix-huit ans, Philippe le Bel fit un roi, en lui donnant en dot le royaume de Navarre.

Cette union, préparée par les diplomates, n'était qu'une combinaison politique. Ainsi qu'il advient dans la plupart des mariages princiers, les jeunes gens se connaissaient à peine. S'aimaient-ils ? Ne s'aimaient-ils pas ? La raison d'Etat n'avait cure de ces questions secondaires. Elle avait disposé souverainement de ces deux cœurs sans les consulter. L'amour n'avait donc pas figuré au contrat.

Cependant, Marguerite de Bourgogne réunissait, en sa personne, toutes les séductions qui donnent à la femme l'espoir et le droit d'être aimée.

D'une taille moyenne et finement cambrée, elle montrait dans les moindres mouvements de son corps, comme dans les modulations de sa voix, une grâce câline et enveloppante.

Dans ses grands yeux bleus voilés de langueur s'irradiait une âme ardente et passionnée. Sa merveilleuse chevelure, d'un blond doré, se jouait en boucles soyeuses autour d'un visage d'une pâleur diaphane.

La bouche aux lèvres rouges, humides et sensuelles, était adorable de fraîcheur et semblait faite pour le baiser.

De toute sa personne se dégageait une sorte de fluide attirant et fatal, dont il était difficile de ne pas subir le pouvoir.

Aussi, malgré la rudesse de sa nature et une violence de caractère qui lui avait valu de ses contemporains le surnom de « Le Hutin », conservé par l'Histoire, le prince Louis n'avait-il pu rester insensible à tant de charmes.

A l'indifférence affectée et voulue des premières entrevues avait succédé peu à peu et presque à son corps défendant une courtoisie empressée qui frisait la galanterie. Il s'oubliait parfois auprès de sa fiancée, il aimait à l'entendre et à la regarder, et sentait monter à ses lèvres des choses très douces qu'il était impuissant à exprimer, si bien que le jour de son mariage il était sur le point d'être amoureux de sa femme, comme un simple bourgeois de la bonne ville de Paris.

Le roi Philippe le Bel avait tenu à célébrer ces noces avec un éclat exceptionnel. Des hérauts d'armes avaient proclamé à son de trompe le grand événement à tous les carrefours de la capitale, ordonnant en même temps, « de par le roi, aux marchands et aux métiers de tenir, pendant huit jours, leurs boutiques closes et fermées ».

La cour étant en liesse, le peuple devait être en gaieté. C'était la joie obligatoire. Il eût été malséant de montrer un visage sévère ou soucieux quand le roi de France et le duc de Bourgogne étaient heureux.

Le Palais de Justice, agrandi et restauré, venait d'être affecté à la résidence du roi, et c'était dans l'immense salle, connue aujourd'hui sous le nom de salle des Pas-Perdus, que le festin nuptial devait avoir lieu.

Messire Enguerrand de Marigny, qui, de grand maître d'hôtel, venait d'être promu aux fonctions de surintendant de finances, avait puisé à pleines mains dans les coffres de l'Etat pour célébrer cette fête avec un faste inoubliable et servir en même temps les visées de son ambition.

Autour de la grande salle tendue de tapisseries de haute lice, cent hommes d'armes se tenaient immobiles, au pied de torchères de bronze, dont les flammes rouges incendiaient les armures.

Sur de longues tables, aux nappes blanches semées de violettes et de plumes de paon, la vaisselle d'or et d'argent reluisait sous la lumière des lustres. Devant chaque couvert, des salières d'argent en forme de roses alternaient avec des drageoirs ciselés, et les coupes en cristal étaient rehaussées d'émaux à reflets métalliques.

Mais tout ce luxe d'un art si précieux s'effaçait devant la merveilleuse fontaine placée au centre de la salle sur un socle en bois de rose.

Cette grande pièce d'orfèvrerie, en or incrusté de pierreries, représentait une forteresse flanquée de tours, au sommet desquelles des statuettes d'ivoire versaient de leurs seins nus l'hippocras et l'essence de roses. Ce chef-d'œuvre d'un grand sculpteur florentin apparaissait dans l'éblouissante féerie de cette fête comme l'apothéose d'un spectacle dont rien, jusqu'alors, n'avait égalé la richesse et le raffinement d'élégance.

Quand, du haut du grand escalier, le son

du cor eut annoncé l'heure du festin, le cortège royal se mit en marche vers la grande salle.

Le roi Philippe donnait la main à la jeune épousée. Sur leur passage, ce ne fut qu'un long murmure d'admiration. C'est qu'elle était adorablement jolie, Marguerite de Bourgogne, dans sa longue robe d'hermine, la tête couronnée de roses blanches dont les guirlandes se perdaient dans ses chéveux blonds.

Au seuil de la salle, Enguerrand de Marigny, dans tout l'éclat de son costume de brocart d'or, l'attendait.

Il lui souhaita la bienvenue en des termes dont le respect ne faisait que souligner la galanterie.

— Que madame la reine, dit-il, me permette de lui offrir ici les hommages de tous ceux qui ont le culte de la jeunesse et de la beauté.

« Voilà un madrigal gentiment tourné, pensa la jeune reine. Que vais-je lui répondre ? »

Et, toute rougissante, elle balbutia un remerciement et de vagues félicitations sur la splendeur de la fête.

— Que ma souveraine me pardonne d'avoir fait si peu pour elle, répliqua d'un air contrit le courtisan... Je sens en ce moment combien ce cadre est indigne de ses charmes.

De plus en plus confuse, la jeune reine, d'un geste gracieux, lui donna sa main à baiser.

Il ne fit que l'effleurer de ses lèvres, mais si léger que fût ce frôlement, elle sentit à travers son gant un souffle brûlant, et, lorsque Enguerrand de Marigny releva la tête, elle surprit dans ses yeux une ardeur étrange.

« Quelle audace ! songea-t-elle, à son âge ! »

Enguerrand de Marigny approchait, en effet, de la cinquantaine ; mais sa taille élancée et la distinction de ses manières lui avaient conservé une allure presque juvénile.

Malheureusement, son visage, creusé par un labeur opiniâtre et ravagé par l'âpre ambition du pouvoir, n'entretenait pas la même illusion. Son nez busqué, ses lèvres minces, ses yeux perçants, profondément enfoncés dans leurs orbites, son menton recourbé, allongé par une barbe en pointe déjà grisonnante, donnaient l'impression d'une grande intelligence asservie à une volonté de fer.

« Voilà un homme dont il sera bon de se conserver les bonnes grâces », pensait la reine de Navarre, en se dirigeant au milieu des vivats répétés vers le dais de soie blanche brodée de fleurs de lis d'or, où sa place était marquée entre le roi Philippe et son jeune époux.

A peine le couple royal et le roi Philippe se sont-ils assis dans des fauteuils d'argent incrustés de joyaux, qu'un coup de timbre retentit. A ce signal, le sol s'entr'ouvre devant eux... A la vue de ce grand trou noir, les assistants ne peuvent se défendre d'un mouvement d'effroi. Mais voici que monte lentement, poussée par une puissante et ingénieuse machine, une table étincelante de lumière où la vaisselle d'or se reflète en frissons d'ambre sur les facettes des cristaux et la neige des roses blanches et des lis.

En dépit des rigueurs du cérémonial, des exclamations de surprise se font entendre, et c'est dans un brouhaha d'admiration qu'une sonnerie de trompettes annonce le commencement du service. Aussitôt, des pages en satin blanc, tenant en main des aiguières curieusement ciselées, s'empressent autour des dames et versent sur leurs doigts de l'eau de rose dans des bassins d'argent. En même temps, du fond de la salle, s'avancent, escortés de joueurs de flûtes, de cithares et de violes d'amour, des valets de bouche portant d'un pas cadencé des plats sur leurs épaules. Et quels plats !

Les chroniqueurs nous ont transmis le menu.

Le voici :

Les chapons au blanc-manger recouverts de grains de grenade et de dragées vermeilles.

Les lamproies à la pomme d'orange.

Les quartiers de chevreuil, flanqués de gelée d'écrevisses représentant les armoiries de France et de Navarre.

L'esturgeon cuit au persil et au vinaigre, et couvert de poudre de gingembre.

Le pâté à croûte argentée, bourré de poulets, pigeons, lapereaux et chevreuil.

Les cygnes et les paons rôtis, ornés de leur plumage, avec le bec et les pattes dorés.

*Entremets.*

Les crèmes brûlées sursemées de graines de fenouil confites au sucre.

Les prunes confites à l'eau de rose.

Les pâtes sucrées représentant des cerfs et des cygnes, ayant au col les armes de France et de Navarre.

*Dessert.*

Dragées, compotes, pâtisseries, fruits, dattes, figues, raisins et avelines.

Tel était ce menu, véritable prouesse culinaire, mélange éclectique des produits les plus savoureux de France et de Palestine.

Au moment de la présentation des cygnes et des paons, la jeune reine s'était penchée vers le roi Philippe :

— Messire Enguerrand est vraiment un magicien incomparable, dit-elle, dans un mouvement spontané d'admiration.

— C'est aussi un grand politique et un fidèle serviteur. Mais au moins celui-là ne pourra pas dire que le roi ne sait pas reconnaître le mérite.

Alors, complaisamment, le roi rappela la carrière brillante de ce petit chevalier normand, entré à la cour comme pannetier de la reine, puis élevé successivement au rang de chambellan, de comte de Longueville, de châtelain du Louvre et de grand maître d'hôtel.

— J'en ai fait aujourd'hui mon surintendant des finances. Peut-être montera-t-il encore plus haut !

— Chancelier, alors ?

— Qui sait ? Messire Pierre Flote est bien lent à guérir de ses blessures !

Pendant qu'ils devisent ainsi de l'avenir d'Enguerrand de Marigny, celui-ci n'a de pensée que pour la reine Marguerite. Ne connaît-il pas par cœur les magnificences de la fête et les raffinements du menu dont il a imaginé et réglé d'avance tous les détails avec le talent d'un metteur en scène de premier ordre ? Aussi regarde-t-il d'un œil blasé les merveilles élaborées dans son cerveau et déjà vues en imagination. Messire Enguerrand reste insensible aux sollicitations de la bonne chère, aux sourires flatteurs des grandes et honnestes dames, aux éloges qui convergent vers lui de toutes les lèvres.

Messire Enguerrand est amoureux de Marguerite de Bourgogne. Il est hypnotisé par sa beauté. Dans l'éblouissement des lumières, il ne voit que la caresse de ses grands yeux veloutés ; dans le son des instruments mêlé au choc des coupes et aux trilles des rires en sourdine, il n'entend qu'une voix chanter dans son cœur, et c'est la plus suave des violes d'amour.

« Après tout, pourquoi pas », pense-t-il.

Et déjà il se voit, lui, Le Portier, favori de Marguerite de Bourgogne, reine de Navarre.

« Ausi bien, n'est-il pas, après le roi, un des plus grands personnages du royaume ? N'est-il pas le complice de son maître, dont il possède tous les secrets ! Un jour, peu éloigné peut-être, il sera proclamé officiellement coadjuteur ! vice-roi ! Moi, vice-roi ! Le Portier, presque roi de France ! »

A cette vision, sa poitrine se dilate, son cœur bat plus vite, ses yeux s'allument.

Dès lors, quel rival pourrait me barrer la route. Le dauphin, le roi d'aujourd'hui ? Cet être vulgaire et violent, aux traits sans noblesse, au front bas, aux lèvres épaisses, au regard sans flamme, cette âme de vilain dans ce fantôme de roi ! Allons donc ! le danger ne viendra pas de ce côté. Mais la cour ne manque pas de damoiseaux galants ; ce sont eux qu'il faut surveiller. Malheur ! malheur à celui qui me disputera les faveurs de la reine de Navarre !

Et, pour souligner cette menace, il serre d'une main crispée la poignée de son épée.

Cependant, le repas touche à sa fin.

L'hippocras et les vins de France et de Sicile, versés à pleins bords par les pages attentifs, commencent à troubler les esprits.

L'odeur des mets, les vapeurs du vin, le parfum des fleurs, les essences embaumées qui montent des corsages entr'ouverts se fondent en une atmosphère d'ivresse et de volupté.

L'étiquette perd peu à peu de sa rigueur. Les hommes murmurent aux femmes des propos galants, et, de-ci de-là, on entend fuser des rires nerveux vite étouffés.

Soudain, douze coups sonnent sur un timbre d'argent.

Le sol s'entr'ouvre de nouveau, la table royale redescend dans les profondeurs et le plancher se referme.

Les conversations s'éteignent, les convives se lèvent et le silence se fait.

L'heure du baise-main est arrivée.

Le défilé des invités commence alors par ordre de préséance.

Un héraut annonce les noms et les titres de chacun des personnages. C'est à qui, parmi les femmes, montrera le plus de grâce dans sa révérence. Les hommes s'inclinent pour baiser la main du roi de France d'abord, puis celle du roi et de la reine de Navarre. Après les princes du sang, c'est le tour d'Enguerrand de Marigny.

Comme à son entrée dans la salle, la reine Marguerite sent des lèvres brûlantes trembler sur sa main, dégantée cette fois, et surprend la même flamme dans la profondeur des yeux.

Le surintendant tente un compliment, mais il doit s'arrêter aux premiers mots, impuissant à maîtriser son trouble.

Cet embarras, chez un homme comme Enguerrand de Marigny, rompu depuis longtemps à dompter ses émotions et à se faire en toute occasion un visage impassible, ne prouvait-il pas la fascination de cette charmeuse, à laquelle il avait suffi de parler et de sourire pour prendre possession de tout son être?

Le roi ne put s'empêcher de remarquer ce trouble et cette pâleur.

— Qu'avez-vous donc ce soir, messire Enguerrand?

— Oh! sire, un peu de fatigue et la crainte de ne pas avoir réussi au gré du roi.

— Alors, reposez-vous sur un lit de lauriers. Cette fête restera votre triomphe et nous en garderons souvenance.

— Oh! oui, messire, ajoute la jeune reine de Navarre, une douce souvenance.

Ainsi, la divine créature avait daigné s'unir aux compliments du roi.

Enguerrand boit ces paroles comme une liqueur enivrante et s'éloigne, presque titubant, dans une sorte de vertige.

Le défilé, un instant interrompu par cet incident, que l'envie des courtisans ne manque pas de commenter avec une aigreur mal dissimulée, reprend jusqu'à ce que le dernier des convives ait présenté ses hommages.

Le roi Philippe venait de se lever et offrait la main à la reine de Navarre, quand il aperçoit, debout derrière son fauteuil, un tout jeune homme auquel il fait signe d'avancer.

Celui-ci, très ému et tout rougissant, s'approche de la jeune reine et met un genou en terre.

— Mon enfant, dit le roi à la jeune épousée, voici l'écuyer que je vous ai choisi et qui sera désormais attaché à votre personne. Il est de noble race normande et son père est mort en combattant. Vous aurez en lui un serviteur fidèle.

Puis, s'adressant au jeune écuyer :

— Gautier d'Aulnay, à partir de ce soir, vous appartenez corps et âme à la reine de Navarre. Vous jurez de veiller sur elle, à toute heure de jour et de nuit, et de donner votre vie pour la défendre.

— Je le jure.

Debout, la main droite levée, la gauche fièrement appuyée sur la garde de son épée, il prononce ces mots avec une si belle assurance qu'il captive tout de suite l'attention de sa gracieuse souveraine.

Elle admire d'abord son aisance dans son élégant justaucorps de satin blanc, qui dessine une taille ferme et bien cambrée; puis elle remarque la finesse de ses traits, ses longs cheveux bouclés, le duvet soyeux de sa barbe blonde. Mais elle est particulièrement séduite par la droiture et la douceur de son regard, où se lit une âme vaillante et un cœur d'une exquise tendresse.

Et, comparant la grâce virile du jeune homme avec la vulgarité de son mari :

« Quel dommage, pense-t-elle, que l'écuyer ne soit pas le dauphin! C'eût été l'époux rêvé! »

Puis, avec un sourire charmant :

— Mon gentil écuyer, dit-elle, je vous agrée avec plaisir, et je remercie le roi d'attacher à mon service un gentilhomme d'aussi bonne tournure et d'aussi brave lignée.

## V

### LE ROMAN DE LA ROSE

Le ménage royal donna d'abord l'illusion du bonheur. Les jeunes époux, entraînés dans le tourbillon des plaisirs, passaient, souriants, au milieu des fêtes qui se succédaient en leur honneur. Aux grands bals de la cour, aux chasses au faucon, aux joutes, aux tournois, partout la beauté, la grâce, l'enjouement de Marguerite de Bourgogne réunissaient tous les suffrages et attiraient tous les cœurs. Le prince Louis ne pouvait rester indifférent aux hommages dont la jeune reine était l'objet. Il en ressentait quelque fierté et rendait à sa femme en attentions ce qu'il en recevait en vanité satisfaite. Envisagé sous cette forme, l'amour n'est plus qu'un sentiment éphémère destiné à disparaître avec les causes qui l'ont fait naître.

C'est ce qu'il advint d'ailleurs, dès que le mirage des fêtes évanoui, les tête-à-tête devinrent plus fréquents et la vie commune plus monotone. Le prince Louis se montra bientôt moins assidu, ses absences, rares d'abord, se multiplièrent, et, certain soir, Marguerite de Bourgogne attendit en vain son mari.

Frappée dans son orgueil de jolie femme, plus que dans un amour dont elle sentait la fragilité, ce premier coup l'atteignit profondément.

Cependant, maîtresse d'elle-même, elle ne laissa rien voir à son entourage. Les chuchotements des dames de la cour, les regards d'intelligence échangés à la dérobée, les attitudes sournoisement compatissantes la trouvèrent impassible et souriante. Elle affecta même de recevoir le volage avec son amabilité coutumière, et rien ne trahit la blessure de son orgueil.

Le dauphin, trompé par les apparences, encouragé par un silence qu'il interprétait comme de l'indifférence, renouvela ses fugues galantes et les prolongea bientôt avec une cynique désinvolture sans daigner les colorer du moindre prétexte.

« Espérons du moins, pour son honneur et pour le mien, qu'il ne traîne pas sa couronne dans des maisons de débauche », se disait la jeune reine, en guise de suprême consolation.

Cependant, une appréhension secrète la hantait. Elle eût voulu savoir. Mais comment et par qui ? Ne faisait-on pas autour d'elle la conspiration du silence ?

Un jour qu'elle descendait de litière au pied du grand escalier du palais, un homme du peuple s'approche, le bonnet à la main, et lui tend respectueusement un pli fermé.

« Encore une supplique », supposa-t-elle.

Arrivée dans son appartement, elle déroule négligemment le parchemin. Quelle n'est pas sa stupéfaction de lire ce qui suit : « Passez ce soir, après le couvre-feu, rue des Ménestrels, devant la taverne des Trousse-Nonains. — Un ami de la reine. »

Marguerite de Bourgogne n'en croit pas ses yeux. Est-ce bien à elle, la reine de Navarre, qu'on ose écrire en ces termes ! Ce billet devait se tromper d'adresse ! Elle lit la suscription : « A très haute et très noble dame Marguerite de Bourgogne, reine de Navarre ». Le doute n'est plus possible. On l'invite à se rendre ce soir dans un quartier mal famé... Cette taverne des Trousse-Nonains... Une maison de débauche, sans doute. Et c'est là qu'on lui donnerait rendez-vous !... à elle !... Certes, les courtisans ne manquent pas... Elle a senti certains regards se poser sur elle avec trop de complaisance... Des lèvres se sont attardées quelquefois sur sa main... Et elle croit sentir encore sur ses doigts, comme au jour de son mariage, le feu des baisers d'Enguerrand de Marigny... Que de fois, depuis cette époque, n'a-t-elle pas surpris dans l'attitude du surintendant, dans sa voix, dans ses yeux, dans l'altération de ses traits la passion qui le dévore !

Devant ce fol amour, qu'étaient les hommages édulcorés, les madrigaux alanguis d'un duc d'Alençon ou d'un comte d'Evreux ? Seul, parmi ces soupirants de tout ordre, Enguerrand de Marigny eût été capable, dans une heure d'égarement, d'oser...

« Mais non, fit-elle après un instant de réflexion, je perds la tête... Lui, le surintendant des finances, le favori du roi Philippe, risquer sa fortune en semblable aventure !... C'est absurde... Cherchons autre chose. Un guet-apens, peut-être ? Qui donc est intéressé à ma perte ? Des ennemis, je ne m'en connais pas, à moins que... »

Et, à cette idée, elle se recueillit comme devant la découverte d'une bonne piste.

« A moins que, poursuivit-elle, mon noble époux n'ait imaginé de me compromettre pour justifier aux yeux de la cour sa propre inconduite. »

Evidemment, cette hypothèse n'était pas invraisemblable, mais il pouvait y avoir d'autres causes. Plus elle cherchait, plus sa curiosité, avivée par l'âpre saveur d'un danger à courir, devenait pressante, impérieuse.

« Je veux savoir, conclut-elle, je saurai. Dussé-je risquer ma vie, dussé-je laisser un peu de ma dignité dans cette équipée, j'irai au rendez-vous. Seule ? Ce serait de la folie ! Je choisirai pour m'accompagner un gentilhomme brave, dévoué, d'une discrétion absolue... Au fait, je prendrai Gautier d'Aulnay. »

Ce nom s'était présenté tout de suite à la pensée de la reine de Navarre.

Depuis son mariage, elle avait remarqué le service irréprochable du jeune écuyer, ses prévenances délicates, ses soins de tous les instants.

Un jour, elle l'avait remercié gentiment, d'un sourire. Gautier avait tellement rougi, ses yeux s'étaient remplis d'une joie si reconnaissante, si tendre, qu'elle en était demeurée tout émue et pensive. Cette sympathie naissante entre la reine et son bel écuyer n'avait fait que s'accroître grâce à l'heureuse complicité des circonstances. C'est ainsi qu'à une grande joute entre écuyers, Marguerite de Bourgogne avait choisi Gautier d'Aulnay pour porter ses couleurs. Au moment d'entrer dans la lice, elle avait attaché à son armure un nœud de rubans pris à son corsage, en lui disant :

— Ne forlignez pas et songez que votre reine vous regarde.

Gautier, électrisé par ces paroles, s'était battu comme un lion. Jamais on n'avait vu aussi jeune champion « faire aussi bien », de l'épée et de la lance. Lorsque, proclamé vainqueur, il vint plier le genou devant sa dame, la jeune reine se sentit rougir en lui donnant sa main à baiser, et, ce soir-là, elle s'endormit en pensant au bel écuyer qui avait si vaillamment porté ses couleurs.

Le lecteur s'explique maintenant pourquoi, sans hésiter, la reine de Navarre avait mandé près d'elle son écuyer favori et lui avait dit de se tenir prêt à sortir avec elle à l'heure du couvre-feu.

Sans mot dire, Gautier s'inclinait pour se retirer, quand elle ajouta :

— Vous jetterez un grand manteau sur votre cotte de mailles.

Gautier fit un signe d'acquiescement sans manifester la moindre surprise. On devine pourtant si sa curiosité était excitée !

Aux premiers tintements du bourdon de Saint-Séverin, Gautier frappe un coup discret à l'appartement de la reine. La porte s'ouvre aussitôt et Marguerite de Bourgogne paraît sur le seuil, enveloppée d'une longue mante brune, dont le capuchon retombe sur la moitié du visage.

Elle jette un rapide coup d'œil sur la tenue de son écuyer, drapé dans un large manteau.

— Quelles sont vos armes ? demande-t-elle à voix basse.

— Epée et poignard.

— Bien, connaissez-vous la taverne des Trousse-Nonains ?

— Rue des Ménestrels ? ajoute Gautier.

— Précisément. C'est là que vous allez me conduire.

Malgré son sang-froid, Gautier ne peut se défendre d'un léger soubresaut. La reine de Navarre, sa reine adorée, dans cette maison de débauche !

Ce mouvement n'échappe pas à Marguerite de Bourgogne.

— Auriez-vous peur ?

— Moi ! s'écrie-t-il, en se frappant la poitrine.

Dans ce cri, Marguerite sent vibrer tant de surprise, de fierté blessée, de douleur inexprimable, qu'elle en est remuée jusqu'au fond de l'âme.

— Partons, dit-elle, sans ajouter un mot.

Ils sortent par une petite porte basse s'ouvrant sur la berge, traversent la Seine sur le petit pont de bois dit « La planche de Mibray » et contournent le grand Châtelet. Une ronde d'archers du guet les croise. A la lueur des torches, le sergent jette en passant un regard curieux sur la dame au capuchon. Instinctivement, Marguerite se rapproche de Gautier et prend son bras, qu'elle ne quittera plus. Ils dépassent ainsi Saint-Jacques la Boucherie et s'engagent dans la rue Bertaut-qui-Dort et la rue Pernelle. La nuit est d'un bleu sombre et la lune glisse à travers les nuages. Pour se guider dans ces ruelles étroites et tortueuses, ils n'ont que les lampes allumées devant les saintes images, au coin des carrefours, et les rais de lumière indécise qui filtre des auvents mal clos.

A l'exception de quelques bourgeois attardés et de filles de joie rasant les murs, en dépit des récentes ordonnances du Châtelet, les passants sont rares. Dans la rue Brise-Miche, et même à l'entrée de la rue des Ménestrels, rien ne laisse soupçonner l'approche d'un lieu de plaisir à la mode, quand soudain, à un tournant, une lanterne rouge, suspendue à une potence en fer forgé et sur laquelle on lit : « Taverne des Trousse-Nonains », apparaît, comme une tache de sang, dans la nuit.

A cette vue, le cœur de la jeune reine bat plus vite, une angoisse indéfinissable la saisit, et elle s'appuie plus fort sur le bras de son écuyer, en l'entraînant vers une maison en retrait, en face du cabaret. Là, elle s'adosse à la muraille dans un angle obscur, et, abritée derrière Gautier, elle attend.

Tout d'abord, rien d'insolite. Des couples

amoureux poussent de temps en temps une large porte d'où s'échappe, dans un rayon de lumière, un bruit confus de rires, de chansons et de gobelets entre-choqués.

Déjà, elle se demande ce que signifie ce rendez-vous, et si elle ne serait pas la dupe d'une audacieuse mystification, quand une fenêtre s'entr'ouvre. Une voix bien connue frappe aussitôt son oreille.

— C'est lui ! gronde-t-elle sourdement. Je reconnais sa voix. Je veux voir. Venez.

Elle est maintenant près de la fenêtre. Elle jette, haletante, un regard à l'intérieur et recule aussitôt.

— C'en est trop ! gémit-elle, avec un accent de dégoût et de colère.

Gautier avait regardé, lui aussi. Il avait vu le prince Louis, l'époux de la reine de Navarre, le futur héritier de la couronne de France, tenant sur ses genoux une fille de joie !

Il avait ressenti, comme sa reine, cette suprême injure que rien n'efface et, d'un seul coup, il avait mesuré la profondeur du fossé creusé désormais entre les deux époux.

Il voudrait dire à la reine combien il souffre de la sentir si malheureuse. Les paroles meurent sur ses lèvres. Alors, dans un mouvement d'invincible compassion, il se découvre, s'incline très bas et, sur la main de la reine, il ose déposer une larme et un baiser. Et Marguerite, émue d'un dévouement si profond et si grand, où elle devine le don d'un être tout entier, Marguerite de Bourgogne oublie un instant sa main dans celle de son écuyer. Ils s'en reviennent côte à côte, silencieux et tristes, lorsqu'au détour de la rue Brise-Miche, un soudard aviné frôle de la main la taille de la reine, en bégayant :

— Part à deux !

— Arrière, manant ! rugit Gautier.

Et d'un coup de poing foudroyant, il envoie l'ivrogne rouler dans le ruisseau. Celui-ci, subitement dégrisé, se relève, dégaine et se rue sur Gautier, l'épée haute.

Mais le jeune écuyer s'est mis en garde et, par une riposte en quarte, désarme son adversaire.

Ce dernier n'en demande pas davantage, ramasse son épée et s'éloigne en proférant un épouvantable juron.

— Merci ! Gautier, dit simplement la reine.

Ce fut le seul incident du retour et ils franchirent la Planche de Mibray sans faire d'autre rencontre désagréable. Il faut en excepter toutefois celle qui les attendait au haut de la berge.

Ils touchaient en effet à la petite porte du palais, quand une ombre se détacha d'une anfractuosité du mur et s'éloigna précipitamment.

A la vue de cette haute et maigre silhouette à la démarche cauteleuse, la jeune reine frissonna.

— Ciel ! Enguerrand de Marigny ! murmura-t-elle.

Elle ouvrit aussitôt la petite porte basse, monta à son appartement et congédia son écuyer. Elle avait hâte d'être seule avec ses pensées. L'étrange apparition du surintendant l'avait plongée dans un trouble profond.

« Cet homme m'espionne, se dit-elle. Tout à l'heure, il guettait mon retour... Il savait donc que j'étais sortie... Ne serait-il pas l'auteur du mystérieux billet? Ne poursuivait-il pas un but diabolique en m'envoyant au cabaret de la rue des Ménestrels? N'avait-il pas un intérêt personnel à me montrer la basse débauche du roi? Ne va-t-il pas conclure que, frappée dans sa dignité de reine et d'épouse, Marguerite de Bourgogne usera de représailles et l'acceptera comme consolateur?... Ah! vous êtes un habile coquin, messire Enguerrand, mais je vois clair dans votre jeu, et, je le jure par Notre-Dame, vous ne franchirez jamais, ni vous, ni le roi, le seuil de cette chambre. »

Après avoir tiré de ses réflexions la certitude de la honte de l'un et de la perfidie de l'autre, elle se plut à donner à son serment une première sanction et poussa le verrou d'argent qui condamnait sa porte.

Cette soirée marqua la rupture définitive entre les deux époux, dont les rapports se limitèrent désormais aux obligations imposées par l'étiquette de la cour.

Au deuxième anniversaire de son mariage, le roi de Navarre semblait avoir oublié qu'il avait épousé en justes noces une femme jeune et jolie, et que, dans un milieu dépravé comme celui de la cour, les consolateurs se disputent les consolations.

Et cependant, il faut le dire à l'honneur de Margueriite de Bourgogne, elle avait supporté cet abandon avec une dignité attristée, et sa fierté l'avait protégée contre les revanches faciles et éphémères.

Peut-être convient-il d'ajouter que, dans l'isolement de son cœur, elle sentait grandir auprès d'elle une affection qui, sous la forme du dévouement le plus ingénieux et le plus délicat, lui devenait chaque jour plus nécessaire.

Gautier d'Aulnay avait juré de se dévouer corps et âme à sa jeune souveraine : il ne faisait que tenir son serment. Il avait donné son âme tout entière à sa maîtresse. Il ne pensait, ne vivait que par elle et pour elle. Tout l'univers était pour lui concentré dans ces yeux bleus dont le regard faisait descendre en son cœur une joie infinie. Il ne concevait plus d'autre but que de lui plaire, d'autre occupation que de la servir, d'autre idéal que la contemplation muette de sa beauté.

Au milieu des hommages et des galanteries que ses courtisans lui prodiguaient à l'envie, Marguerite de Bourgogne n'en remarquait pas moins les assiduités de son écuyer et son étonnante sagacité à deviner ses moindres caprices.

— Gautier est vraiment la perle des écuyers, disait-elle à ses amies. Il est si gentil, si dévoué, que si je n'étais pas reine, je crois que j'en tomberais amoureuse.

Et, à cette pensée, elle riait comme une petite folle.

Un jour vint cependant où la plaisanterie ne fut plus de mise.

La cour avait quitté Paris pour passer l'été à Fontainebleau.

Le château n'était alors qu'un vieux manoir féodal entouré de fossés profonds, auquel ses tours et son donjon donnaient un aspect sombre et rébarbatif.

Si l'on pénétrait dans la forêt, d'une sauvagerie vierge et majestueuse, on rencontrait, ici, des chaînes de montagnes; là, des gorges abruptes. Plus loin, des plateaux désolés voisinaient avec des landes arides, des steppes couvertes de bruyères et d'ajoncs, ou des entassements de rochers volcaniques, contemporains des premières convulsions du monde.

Certes, ce n'eût pas été le nid rêvé pour abriter les amours de jeunes tourtereaux, s'il eût été question d'amour pour la royale délaissée !

Aussi promenait-elle au hasard de son humeur capricieuse la mélancolie de ses dix-huit ans, déjà désabusés.

Une de ses distractions favorites était de parcourir à cheval la forêt, de s'enfoncer dans ses profondeurs, d'explorer les coins les plus mystérieux, d'escalader, sans souci du danger, les rocs les plus abruptes.

Dans ses courses vagabondes, un seul écuyer l'accompagnait, et c'était toujours Gautier d'Aulnay.

Or, un jour que, dans une de ces promenades, ils suivaient au pas de leurs montures un sentier à peine tracé au fond du ravin connu aujourd'hui sous le nom de gorges d'Apremont, elle aperçut, émergeant au-dessus d'un épais buisson de ronces, une rose sauvage :

— Gautier, voyez donc la jolie fleur ! Quel dommage de la sentir aussi bien gardée !

— Si la reine la désire, je vais...

Et déjà il avait sauté de cheval.

— Vous êtes fou ! s'écria la reine... Vite remontez à cheval et partons.

En s'éloignant, Marguerite se retourna et regarda la rose une dernière fois :

— Elle était vraiment jolie ! Allons, n'y pensons plus ! Les reines n'ont pas toujours ce qu'elles désirent, soupira-t-elle.

— Les reines n'ont qu'à vouloir, répliqua Gautier d'une voix grave où perçait le reproche.

Marguerite ne sembla pas attacher d'importance à cette réflexion, et la promenade s'acheva sans parler de cet incident.

Mais, vers la fin de l'après-midi, quand elle regagna ses appartements, un peu lasse d'une journée de caquetages et de réceptions, quelle ne fut pas sa surprise de trouver sur sa table à coiffer, près de son miroir, la rose de la forêt. Et se rappelant aussitôt le rempart de pointes acérées qui la défendait.

« Pauvre garçon ! Il a dû se mettre en sang ! Et cela pour un caprice ! »

Et déjà, elle se reprochait d'avoir exprimé ce désir, et en même temps elle éprouvait le besoin de voir le coupable et de le gronder gentiment.

Elle sonna : un valet parut.

— Priez messire Gautier d'Aulnay de me venir parler.

Aussitôt seule elle s'approcha de la rose, la prit d'une main un peu tremblante, et la respira longuement.

Il lui sembla qu'un parfum subtil pénétrait tout son être et la plongeait dans une langueur délicieuse.

Soudain, elle tressaillit.

Sur un des pétales, elle venait de voir une tache rouge.

« Du sang », gémit-elle sourdement.

Et, lentement, très émue, elle élevait la petite fleur jusqu'à ses lèvres, quand un coup discret fut frappé à la porte.

« C'est lui ! pensa-t-elle. Tâchons de rester maîtresse de nous-même. »

Et, posant la rose sur la table :

— Entrez, dit-elle d'une voix assurée.

Puis, aussitôt que Gautier eut fermé la porte :

— Approchez ! venez ici que je vous

gronde ! Pourquoi malgré ma défense, avez-vous cueilli cette fleur ?

Et elle s'efforçait de prendre un ton courroucé.

— Que Madame la reine me pardonne, murmura Gautier, confus, le regard suppliant, j'avais espéré lui faire plaisir.

— Allons ! je tiendrai compte de l'intention. Mais je veux voir vos deux complices, elle désignait les mains que Gautier dissimulait de son mieux derrière son toquet de velours.

— Que Madame la reine daigne me permettre...

— C'est inutile ; je le veux.

Alors, timidement, Gautier avança un peu la main droite.

Marguerite la prit dans la sienne.

— Méchant enfant ! balbutia-t-elle, toute troublée à la vue de la peau déchirée, encore maculée de sang. Vous voilà dans un bel état !

Et, avec une douceur infinie, de son autre main, elle effleura d'une caresse légère comme une plume de tourterelle les chères blessures.

Gautier d'Aulnay était d'une pâleur livide.

Au dehors, dans l'air attiédi de cette belle soirée de mai, les parfums des lilas montaient par la fenêtre ouverte. Les grands arbres du parc, noyés dans les vapeurs mauves du couchant, avaient des frissons harmonieux. Les merles et les pinsons chantaient dans les branches.

A cet instant, Marguerite sentit combien elle était aimée. Toute rougissante, elle prit la rose et la glissa dans son corsage entr'ouvert. Puis, enveloppant le jeune écuyer d'un regard chargé de tendresse, elle détacha de la fleur un pétale et l'effleura de ses lèvres :

— Voilà votre pardon, dit-elle d'une voix brisée.

Et, du bout de ses doigts effilés, elle lui tendit la petite feuille encore tiède de la chaleur de son sein.

Eperdu, Gautier tomba à genoux, et sur cette main qui s'abandonnait, il mit tout son amour dans un baiser.

— Gautier, sortez... je vous en supplie ! murmura-t-elle haletante, se soutenant à peine.

Alors Gautier se releva, et, chancelant, les yeux fous, il se dirigea vers la porte, à reculons, la chère petite feuille pressée sur ses lèvres.

## VI

### LA CAVERNE D'APREMONT

Pendant les jours qui suivirent cette idylle aussi imprévue qu'émouvante, la reine Marguerite évita le plus possible de rencontrer son écuyer, et ne lui adressa la parole que pour les ordres de service indispensables.

Un drame poignant se jouait dans son cœur.

Sa fierté de reine était aux prises avec sa faiblesse de femme amoureuse.

Elle passait son temps à chercher, pour se défendre, des raisons contre lesquelles elle s'insurgeait aussitôt.

« Moi, fille du duc de Bourgogne, reine de Navarre et future reine de France, m'abaisser jusqu'à cet écuyer ! Encore, si c'était un prince du sang, ou du moins un surintendant. un Enguerrand de Marigny... plus jeune et plus beau !.. Oh ! non !... ce serait tomber trop bas... Je lutterai... Je me ressaisirai... j'oublierai cette heure de folie... Après tout, sa présence ne m'est pas indispensable. Si je trouvais un prétexte pour l'éloigner d'ici ?... »

Mais à cette pensée, son cœur se serrait. Elle se voyait isolée, sans ami, au milieu de ces grandes dames envieuses et de ces courtisans débauchés.

« Me séparer de lui... si dévoué... si brave... si séduisant ! Ne plus le voir... ne plus l'entendre. Congédier comme un valet, celui qui donnerait sa vie pour moi !... En vérité, serait-ce donc une déchéance de faire monter jusqu'à moi un si bon gentilhomme ? La noblesse doit-elle se mesurer aux hasards de la naissance ? Qui donc, de lui ou du dauphin, est plus digne d'être roi ?... »

Ces réflexions renouvelées sans cesse sous toutes les formes, ne pouvaient que rendre plus aiguë et plus douloureuse la lutte engagée entre son cœur et sa raison.

Le résultat final était, d'ailleurs, facile à prévoir, et quand, après une longue semaine de tête-à-tête avec ses pensées, elle fit son examen de conscience, elle put se convaincre que tous ses raisonnements n'avaient fait que fortifier le sentiment qu'elle avait espéré combattre.

Il ne lui restait plus, hélas ! qu'à avouer sa défaite et à se rendre à l'ennemi avec les honneurs de la guerre.

Tel était son état d'âme, lorsque, vers la fin de l'après-midi, un des gardes du palais vint lui annoncer que messire Enguerrand de Marigny sollicitait la faveur de lui présenter ses hommages.

La cour était partie depuis deux jours pour la résidence de Pontoise ; la reine se trouvait seule au château avec les gens de sa maison.

Elle n'eut pas manqué d'être intriguée par l'arrivée inattendue du surintendant, si elle n'avait pas remarqué, en mainte occasion, que messire Enguerrand cherchait à la rencontrer seule, et que ses visites, assez espacées d'abord, étaient devenues d'autant plus fréquentes que les absences du dauphin étaient prolongées.

Au cours de chacune de ces causeries, Enguerrand dévoilait à la reine, avec une tristesse hypocrite et de feintes réticences, les aventures galantes de l'époux infidèle, détaillant avec complaisance les scènes de débauche, inventées de toutes pièces par son imagination ou réellement préparées, comme autant de pièges, avec une perversité machiavélique.

« En favorisant les vices du dauphin », pensait-il, je le sépare de plus en plus de sa femme. Je profite de l'isolement de la reine pour m'insinuer auprès d'elle comme ami, comme confident ; je finis par gagner ses bonnes grâces, et un beau jour — ah ! oui, un beau jour, celui-là ! — je deviens le favori. Cependant, le dauphin s'épuise dans les orgies, et quand — ce qui ne peut tarder — l'heure de son avènement au trône aura sonné, je tiendrai dans la main ce roi fainéant, sans force et sans volonté. A lui la couronne ; à moi le pouvoir. De cette intrigue d'amour, de la possession de cette divine créature, dépend donc mon avenir politique. Le moment est venu de passer du rêve à l'action. »

Toutes ces réflexions lui venaient à l'esprit

pendant qu'il attendait la réponse de la reine.

Dans son impatience, il trouvait déjà cette réponse longue à venir, quand un page vint le quérir pour l'introduire auprès de la gracieuse souveraine.

Dès son entrée, Enguerrand fut frappé de l'altération de ses traits. Sa pâleur, ses yeux cernés de bistre, l'alanguissement de tout son corps attestaient qu'elle venait de traverser une crise, dont elle n'était pas encore remise.

A la vue de cette figure décomposée, il devina tout de suite qu'il venait de se passer un événement grave, de nature à influencer la réalisation de ses projets.

Après l'échange des formules banales de politesse.

— Je savais, dit-il d'une voix cauteleuse, que la reine avait été souffrante, et j'avais hâte de la féliciter de son retour à la santé.

— J'ai éprouvé, en effet, quelques malaises ces jours derniers.

— Un peu trop de fatigue, sans doute?... Et à ce propos, si je pouvais m'autoriser de ma respectueuse sollicitude pour tout ce qui touche à ma gracieuse souveraine, je me permettrais de lui donner un conseil.

— Je vous écoute, dit Marguerite en souriant.

— Eh bien ! je l'engagerais à ne pas abuser de certains exercices physiques, tels que les longues chevauchées..

— Ah ! qui donc vous a si bien renseigné? interrompit Marguerite.

— Ce n'est un secret pour personne.que la reine sort tous les jours en forêt, ce qui doit certainement la fatiguer, et qu'elle n'est suivie que d'un seul écuyer, ce qui est de la dernière imprudence dans un pays infesté de malandrins.

— Messire Enguerrand, répliqua Marguerite avec une pointe d'ironie, je suis infiniment touchée de votre sollicitude, mais ne vous mettez pas en peine. L'exercice m'est indispensable, et le cheval me réussit à merveille. Quant aux malandrins, Gautier d'Aulnay saurait les tenir en respect.

— Ah ! c'est Gautier d'Aulnay qui accompagne la reine de Navarre.

— Cet étonnement me surprend. N'est-ce pas le roi qui l'a choisi? N'est-il pas naturel que j'aie en lui toute confiance.

— Je ne dis pas cela.

— Douteriez-vous de son courage, ou auriez-vous appris sur son compte des choses qui ne seraient point à son honneur? insista vivement Marguerite avec l'intuition d'un danger.

— Loin de moi une pareille pensée ! Gautier d'Aulnay est digne à tous égards de la confiance de sa souveraine et je connais si bien ses bons et loyaux services que je lui en apporte la récompense.

— Voilà une bonne nouvelle... Et quelle est cette récompense?

— Sur ma proposition, le roi vient de le nommer chevalier, et si cela peut être agréable à la reine, elle pourra lui remettre son brevet. Il lui sera certainement plus précieux reçu des mains de sa gracieuse souveraine.

— J'accepte volontiers de lui servir de marraine.

Et elle pensait :

« Cela me l'attachera encore davantage. »

— Puisque la reine veut bien lui faire ce

honneur, voici le brevet signé de la main du roi.

En même temps, il lui présentait un rouleau de parchemin scellé des armes royales :

— Je supplie Madame la reine, de le lui remettre sans retard, car le roi doit le sacrer lui-même dans trois jours à Pontoise.

— Je le ferai appeler dès ce soir.

— La reine pourra lui annoncer en même temps que, par faveur spéciale, il fera partie désormais de la maison du roi.

— Alors, il me quitte, murmura la reine, maîtrisant à peine son émotion. Peut-être aurait-on pu me consulter...

« Les rapports que j'ai reçus étaient au-dessous de la vérité, pensa Enguerrand. Il était temps d'intervenir. »

— Le roi était loin de supposer, répliqua-t-il d'un air étonné, que la reine eût à cœur de conserver ce jeune homme, mais puisqu'il en est autrement...

— Ne vous méprenez pas sur le sens de mes paroles, messire, interrompit sèchement Marguerite, mortifiée de son imprudence. Je commençais à m'habituer à cet écuyer, sans songer qu'un jour le roi pourrait avoir besoin de ses services. Peu m'importe, après tout, que ce soit lui ou un autre. Je suis sûre d'avance que le roi a désigné le plus digne, et je suis persuadée, ajouta-t-elle railleuse, que, comme toujours, messire Enguerrand s'est efforcé de me plaire, en suggérant au roi de récompenser, par une faveur toute spéciale, Gautier d'Aulnay de son dévouement à ma personne. Croyez que je m'en souviendrai.

Et à ces mots, elle se leva.

Enguerrand comprit que l'audience était terminée.

Cachant à peine son dépit de ce brusque congé, il s'inclina profondément et sortit.

Aussitôt seule, la reine s'affaissa dans un fauteuil.

« Il sait tout ! » pensa-t-elle. Mon émotion m'a trahie. Me voilà avec un ennemi irréconciliable. Jamais son orgueil ne me pardonnera de lui avoir préféré un simple écuyer.

« Eh bien ! soit ! J'accepte la lutte. Nous serons deux contre un !... En attendant, il ne faut pas que Gautier soupçonne le danger qu'il va courir. Le roi l'appelle pour l'armer chevalier : il ne doit pas savoir autre chose. Il apprendra toujours assez tôt qu'il ne reviendra plus près de moi... Mon Dieu ! Comment lui annoncer cette nouvelle ? Aujourd'hui, je le sens, cela serait au-dessus de mes forces. Je lui parlerai demain... Quand le sommeil aura détendu mes nerfs. Oui ! demain... demain matin ; d'ailleurs, il le faut ! »

La nuit vint, mais sans sommeil. Son esprit était obsédé par cette lancinante vision : l'adieu du lendemain. Son amour, excité par l'approche de la séparation, augmentait d'heure en heure. Jamais Gautier n'avait été plus nécessaire à son cœur, à sa vie ! Il lui semblait qu'il allait emporter un peu de son âme.

Enfin, aux premières lueurs du jour, épuisée d'avoir tourné et retourné sans répit la même pensée dans son cerveau brûlant, elle finit par s'assoupir.

Quand elle se réveilla, le soleil dépassait déjà la cime des grands chênes, et ses rayons obliques, poudrés des couleurs des vitraux s'allongeaient dans la chambre, comme une robe à longue traîne ruisselante de pierreries.

Encore alourdie par le sommeil, elle resta d'abord inconsciente, inerte, regardant à travers ses paupières demi-closes le poudroiement joyeux de la lumière. Puis, peu à peu, elle reprit possession d'elle-même et avec la sensation douloureuse d'une blessure qui s'ouvre, le souvenir de la visite d'Enguerrand revint à sa pensée.

« C'est aujourd'hui, gémit-elle. Allons, soyons forte ! Que Gautier ne pénètre pas le secret de ma souffrance. »

Elle se leva, et sa toilette achevée, elle se rendit dans la grande salle où la veille elle avait reçu Enguerrand et fit demander le jeune écuyer.

Elle avait choisi cette salle d'une décoration sévère et riche à la fois, pour donner un caractère plus solennel à la remise du brevet du roi.

Dès l'entrée de Gautier, elle fut frappée de l'altération de ses traits.

« Lui aussi il a souffert », pensa-t-elle, non sans une joie amère.

Cette première impression la troubla un instant, mais elle se reprit aussitôt et ce fut d'une voix grave et douce qu'elle lui dit :

— Gautier, le roi a daigné récompenser votre dévouement à ma personne. Il vient de vous nommer chevalier, et voici votre brevet. J'ai plaisir à vous le remettre moi-même.

Très ému, le jeune homme mit un genou en terre et effleura de ses lèvres la main qui lui tendait le parchemin royal.

— Lisez maintenant, dit la reine avec un sourire.

D'une main tremblante, il brisa le sceau de cire rouge, et lut d'une voix mal assurée la formule consacrée qui l'élevait à la chevalerie.

La reine se réjouissait du bonheur qui rayonnait sur son visage, quand il s'arrêta net.

— Eh bien ! qu'y a-t-il ?

— Madame la reine ne sait donc pas ?

— Quoi donc ?

— Le roi m'attache à son service et je vais...

Le mot fatal expira sur ses lèvres. Il ne put achever. Une pâleur effrayante descendait sur son visage. De grosses larmes tombaient de ses yeux.

— Oui, Gautier... je le savais, mais j'espérais que vous l'apprendriez plus tard...

— Alors, c'est demain que...

— Oui, demain...

— Madame la reine n'a pas d'ordres à me donner ?

— Non.

Puis, se ravisant au moment où le jeune écuyer s'inclinait pour se retirer :

— Si fait ; tenez deux chevaux sellés pour trois heures. Nous irons en forêt.

A l'heure dite, la reine et son écuyer se mettaient en selle et se dirigeaient vers la sortie du parc.

Le ciel était d'un bleu profond, le soleil ardent. Pas un souffle ne faisait frissonner les feuilles. Les oiseaux, cachés dans l'épaisseur du bois, se taisaient. C'était le silence des étés lourds et des chaleurs accablantes.

Les deux cavaliers avaient mis leurs montures à l'ombre, et, obéissant à une mystérieuse attirance, suivaient les sentiers ombreux qui menaient aux gorges d'Apremont.

Ne devaient-ils pas un pèlerinage au rosier sauvage sur lequel leur amour venait de fleurir.

Pendant la première partie du trajet, Marguerite s'était efforcée d'être gaie. Non sans malice, elle avait énuméré les charmes des dames de la cour et leurs sortilèges enchanteurs :

— Comment pourrait-il leur résister quand elle ne serait plus là pour le surveiller ?

Et Gautier de protester avec indignation :

— Lui, penser à d'autres femmes, quand il avait son image dans les yeux, et son souvenir — il n'osait pas dire son amour — dans le cœur !

En bavardant ainsi avec une animation croissante, ils étaient arrivés, sans conscience de l'heure, près du buisson d'épines fleuri de roses.

A ce moment seulement, ils s'aperçurent que le soleil était voilé d'un nuage épais qui barrait le couchant d'un mur noir. L'atmosphère était étouffante. L'obscurité se faisait plus dense. Les corbeaux croassaient avec des cris rauques.

Un orage formidable allait éclater.

— Gautier, il est trop tard pour songer à regagner le château. Il faut chercher un abri.

— Si la reine veut bien me suivre, nous trouverons à quelques pas d'ici une caverne où nous serons à couvert, nous et nos montures.

— Eh bien ! montrez-moi le chemin.

Aussitôt, Gautier fit gravir à son cheval un sentier escarpé qui contournait des blocs énormes de granit, et ils se trouvèrent bientôt devant une ouverture assez grande pour le passage d'un cheval.

Le jeune écuyer aida la reine à mettre pied à terre, et lui offrit la main pour pénétrer dans la grotte. Puis, il la laissa seule un instant pour aller chercher les chevaux.

Pendant cette courte absence, elle put, à la lueur d'un jour fauve, distinguer dans un coin, les restes d'un brasier à peu près consumé et un amas de brindilles et de feuilles sèches.

Cette caverne devait être connue des bûcherons et des chemineaux, qui venaient s'y réfugier contre le mauvais temps, et la perspective de ces sortes de rencontres n'était pas faite pour la rassurer.

A peine Gautier était-il de retour qu'une violente rafale, accompagnée de craquements et de sifflements sinistres, secoua la forêt.

Un éclair zébra le ciel noir et un formidable roulement de tonnerre fit trembler le sol.

Marguerite avait, comme les gens superstitieux de son époque, la terreur de la foudre. Prise d'un tremblement convulsif, instinctivement, elle se rapproche du jeune homme et s'appuie à son épaule.

— Gautier..., j'ai peur..., soutenez-moi !

Le jeune homme enveloppe de son bras la taille flexible de Marguerite, et lentement l'attire sur sa poitrine. Leurs cœurs battent l'un contre l'autre... leur respiration devient précipitée, haletante. Gautier se grise du subtil parfum des cheveux qui frôlent son visage. La jeune reine relève un instant la tête..., ses yeux rencontrent les yeux du bel écuyer... leurs lèvres se fondent en un baiser de feu, et, pris de vertige, ils glissent étroitement enlacés sur le lit de feuilles sèches.

Ce fut ainsi, qu'à la lueur des éclairs et au grondement de la foudre, Marguerite de Bourgogne, reine de Navarre, devint la maîtresse de Gautier d'Aulnay.

## VII

### DÉCLARATION DE GUERRE

Marguerite de Bourgogne avait suivi Gautier d'Aulnay au château de Pontoise, et fidèle à sa promesse, elle avait assisté à la cérémonie, où le roi Philippe avait armé chevalier son écuyer favori.

Au moment où, après la messe chantée, le roi avait attaché l'épée au côté du récipiendaire, et lui avait donné l'accolade, en prononçant les paroles sacramentelles : « Au nom de Dieu, de saint Michel et de saint Georges, je te fais chevalier », Marguerite s'était sentie défaillir. Les fanfares de trompettes qui, du fond de l'église, saluaient joyeusement le nouveau chevalier, lui semblaient sonner lugubrement le glas de son cœur. Elle eût voulu se boucher les oreilles, s'enfuir dans un coin du château pour pleurer à son aise.

Mais, esclave de son rang, l'étiquette, la tyrannique étiquette, la forçait de subir jusqu'au bout les diverses phases d'une torture qu'elle n'avait pas soupçonnée.

Aussitôt la cérémonie finie, elle avait prétexté une de ces migraines qui sont la providence des femmes, dans nombre de situations délicates, et s'était retirée dans son appartement.

A midi, elle donnait l'ordre du départ pour trois heures. Sa résolution était prise. Elle ne reverrait plus Gautier. A quoi bon s'exposer à des rencontres inévitables, qui ne feraient qu'aviver sa souffrance? A Fontainebleau, du moins, tout serait plein du souvenir du cher absent. Elle sentirait, dans ses promenades, son âme flotter autour d'elle dans les sentiers de la forêt, encore marqués des traces de leurs pas. Elle revivrait l'heure enchanteresse du premier baiser !

A trois heures, elle ne partait plus.

Au dernier moment, le courage lui avait manqué.

Ce revirement n'étonna personne. De l'aveu général, la reine n'était pas en état d'entreprendre ce voyage. Beaucoup avaient été frappés de sa pâleur, de ses traits convulsés, de l'air de tristesse répandu sur sa physionomie. Tous avaient été d'avis, que dans ces conditions, le repos était indiqué.

Enguerrand de Marigny n'avait pas vu sans un secret espoir, la reine renoncer à son départ.

Ces rapports, commentés et complétés par ses remarques personnelles, ne lui permettaient plus de douter que l'amour n'eût précipité les événements et déjoué momentanément ses calculs.

Au moins se promettait-il d'enrayer le mal et d'empêcher de nouvelles rencontres.

Elevé depuis très peu de temps au rang de Coadjuteur du royaume, son premier soin avait été d'user de ses prérogatives pour s'installer dans des appartements voisins de la reine de Navarre et desservis par le même escalier.

Dès lors, rien ne lui était plus facile que de surveiller les allées et venues des visiteurs.

C'est ainsi que le lendemain de la cérémonie, il avait vu Gautier d'Aulnay entrer chez la reine et en sortir une heure après.

Ce qu'il ignorait, c'est qu'à cette entrevue, Marguerite, après l'affolement d'insatiables caresses, effrayée des proportions que prenait cette aventure, avait fait un effort suprême pour se ressaisir et avait supplié son amant de ne plus la revoir.

— Gautier, au nom de notre amour, jurez-moi de ne plus revenir ; vous nous perdez tous les deux.

— Oh ! ma reine adorée, ma vie tout entière est à vous... Prenez-la jusqu'à la dernière goutte de mon sang. Mais n'exigez pas un serment que je serais impuissant à tenir. Pour un de vos baisers, je perdrais mon âme et...

— Taisez-vous, malheureux !...

Et, de ses lèvres, elle arrêta le blasphème sur cette bouche si délicieusement impie.

— Alors, méchant, ce sera moi qui fuirai, et vous ne me retrouverez plus.

— Quelle que soit votre retraite, je la découvrirai, et j'irai vous rejoindre.

— Ne dites pas cela, tâchez plutôt de m'oublier... Il le faut Gautier... il le faut...

A ce moment, on frappa à la porte. Le page de service entra d'un air effaré.

— Que se passe-t-il donc ? interrogea la reine.

— Gracieuse souveraine, le chevalier Gautier d'Aulnay est mandé d'urgence auprès de messire Enguerrand de Marigny.

— C'est bien, répondit Gautier avec dépit, je m'y rends dans un instant.

— Vous voyez, s'écria la reine aussitôt que le page se fut retiré, nous sommes espionnés.

Et plus bas, dans un dernier baiser, elle ajouta :

— Gautier, prenez garde à Enguerrand. Il m'aime.. et je le hais !

— Avec votre amour et mon épée, je ne crains que Dieu ! A toujours, ma divine souveraine ! dit-il en lui baisant la main, et à demain, n'est-ce pas ?

Marguerite voulut dire non, mais le mot cruel expira sur ses lèvres.

Le lendemain donc, elle attendit Gautier.

La matinée, l'après-midi et le soir passèrent. Gautier ne vint pas.

Il en fut de même des jours suivants.

« Qu'est-il donc arrivé ? Comment expliquer cette absence soudaine et prolongée ? Personne à la cour n'a pu me renseigner. Si j'en parlais au roi Philippe ? Non, il se demanderait pourquoi je m'intéresse tant à mon ancien écuyer... mon inquiétude pourrait me trahir. Reste Enguerrand... Ah ! il sait tout, celui-là ! Mais plutôt mourir que de lui laisser soupçonner mon angoisse. Il serait trop heureux de me voir souffrir. »

Et les jours s'écoulaient sans qu'un mot, une lettre, vint dissiper son angoisse toujours croissante, lorsqu'un après-midi, on vint lui annoncer le Coadjuteur.

Jamais Enguerrand n'avait été plus aimable. Jamais il ne s'était efforcé de donner plus d'agrément à sa personne et de charme à son esprit.

Dès ses premières paroles, il se répandit en compliments et en propos galants.

Depuis l'arrivée de la reine de Navarre, jamais on n'avait assisté à un pareil assaut de coquetterie... C'était à qui, parmi les dames de la cour, déploierait le plus de faste et d'artifices pour lutter de grâce et de beauté avec la jeune souveraine.

— Peines perdues ! continuait-il en s'exaltant lui-même, — à l'exemple de César, vous n'avez qu'à paraître pour vaincre. Heureux les esclaves enchaînés à votre char ! Qu'importe la liberté, quand on a la joie de marcher dans le rayonnement de votre lumière. Oh ! que ne suis-je un de ces esclaves...

— De grâce, messire, un peu moins d'encens, ou votre divinité va perdre la tête, interrompit la reine avec un rire moqueur.

— Ne raillez pas, je vous en conjure... Prenez-moi plutôt en pitié, car c'est un cri de mon cœur que vous venez d'entendre. Oui, j'envie ceux qui vivent à vos côtés... qui respirent le même air que vous... qui peuvent à leur gré s'enivrer de votre regard, de votre voix, de la grâce affolante de votre personne. Pour être un de ces élus, je renoncerais à mon second rang dans le royaume..., j'accepterais de redevenir un simple écuyer comme ce...

Il s'arrêta net : il sentit, mais trop tard, que dans la chaleur des aveux, il venait de commettre une faute de tactique.

— Comme ce... de qui donc parlez-vous ?

— Eh bien ! comme ce... Gautier d'Aulnay, poursuivit Enguerrand d'un ton haineux et sombre. Ce Gautier auquel la reine daignait s'intéresser avec tant de... sollicitude...

— A propos, fit la jeune reine d'un air dégagé, qu'est-il donc devenu ? Je ne l'ai pas revu depuis le jour où vous l'avez envoyé quérir si précipitamment.

— En effet, ma gracieuse souveraine ne pouvait pas le revoir. Il est parti en mission le soir même.

— Loin d'ici... sans doute...

— Oui ! Les Flandres s'agitent. Des corps francs battent la campagne et sèment la révolte... Nous avons besoin de connaître l'importance de ce mouvement... J'ai pensé que Gautier serait à la hauteur de cette mission... et je l'ai proposé au roi.

— En vérité, c'est trop de bonté, murmura la jeune reine, ironique et mordante.

— Je ne récompenserai jamais assez son attachement à la reine de Navarre, riposta Enguerrand sur le même ton.

Et il ajouta méchamment, les yeux fixés sur son interlocutrice :

— Cette fois encore, j'ai fait de mon mieux, car s'il revient... vivant...

— Il court donc un grand danger ? demanda-t-elle, comprimant son émotion.

— Dans ces excursions en pays ennemi, on risque toujours quelque fâcheuse rencontre... Ce sont les petits inconvénients du métier... Que la sensibilité de la reine ne se mette pas trop en émoi.

— Gautier m'était si dévoué, murmura-t-elle songeuse, pendant que de grosses larmes roulaient dans ses yeux.

— Certes, je ne voudrais pas diminuer son mérite, mais... près de vous, tout près de vous... — et en même temps il rapprochait son siège de la reine — il est d'autres amis prêts à se dévouer... à donner leur vie pour un regard de ces grands yeux bleus... pour un sourire de ces lèvres de volupté, pour une caresse de cette main que je voudrais sentir trembler dans la mienne, et... que j'ose effleurer d'un baiser.

La reine, absorbée tout entière dans la pensée de Gautier, ne prêtait aucune attention à la déclaration d'Enguerrand ; mais quand il prit sa main pour la porter à ses lèvres, elle se redressa, rouge de colère, hautaine et dure :

— Vous oubliez, messire, que le premier devoir d'un Coadjuteur est de respecter la reine.

— La reine n'a plus le droit de parler de devoirs quand elle oublie les siens ! riposta Enguerrand, debout, blême de rage.

— C'en est trop... sortez !

— Je sors, mais prenez garde ! je veillerai sur l'honneur de la couronne que vous portez... et malheur à votre favori ! Adieu, madame... ou plutôt, au revoir.

## VIII

### L'ABBAYE DE MAUBUISSON

Trois mois se sont passés depuis la scène que nous venons de raconter, trois longs mois d'attente angoissante, Gautier n'a pas reparu et l'on est sans nouvelles.

Est-il mort ? Est-il vivant ?

Le coadjuteur seul le sait ; mais il s'est juré de torturer la jeune reine, et dans le courrier des Flandres qu'il ouvre avant le roi, il supprime soigneusement tout ce qui a trait aux faits et gestes de Gautier d'Aulnay.

Indifférente aux bals, aux réceptions, aux fêtes de la cour, Marguerite de Bourgogne vit de plus en plus retirée, hypnotisée dans le souvenir du cher absent.

Dans son état d'âme, elle en est arrivée à désirer que le dauphin ne s'arrête pas dans sa vie de débauches, et elle est servie à souhait, car le roi de Navarre ne craint plus d'afficher en public ses aventures amoureuses.

Aux yeux de la cour, c'est l'explication de la tristesse de la reine et de son détachement du monde.

Aussi, ses visites fréquentes à l'abbaye de Maubuisson ne surprennent-elles personne.

Elle se plaît dans la solitude et le calme de ce cloître, et souvent elle s'oublie des heures entières dans la chapelle à prier pour son bien-aimé.

C'est là qu'elle vient puiser des consolations et de l'espérance. Le chagrin a réveillé sa piété et l'amour a exalté sa dévotion jusqu'au mysticisme.

Plus elle prie, plus elle trouve de volupté dans la prière.

Quelquefois, elle reste plusieurs jours au monastère.

A l'extrémité du parc, complètement clos de murs, sur un coteau d'où la vue s'étendait sur les bords verdoyants de l'Oise, s'élevait une petite tour isolée.

Dans cette tour, on avait réservé à la jeune reine une vaste pièce au rez-de-chaussée qui tenait lieu de chambre et d'oratoire.

Malgré ses prérogatives royales, elle ne pouvait être logée dans les bâtiments du monastère exclusivement réservés aux religieuses de l'ordre.

Les règlements établis par la reine Blanche de Castille, fondatrice de l'abbaye, étaient rigoureusement observés, et la lourde porte ne s'ouvrait que pour les pèlerins.

Marguerite pouvait donc se livrer à ses exercices de dévotion sans craindre les espions d'Enguerrand de Marigny.

Or, un jour, à la fin d'une longue retraite qui devait précéder, disait-on, sa prise de voile, elle était seule dans sa chambre, occupée à enluminer un livre d'heures.

Penchée sur le manuscrit, elle semblait absorbée dans son travail. Mais pendant que son pinceau sertissait de linéaments d'or les entrelacs de lettres et de fleurs, sa pensée était ailleurs.

Sur la page ouverte devant elle, apparaissait, comme dans un rêve, une rose hérissée d'épines, une main déchirée et sanglante, une caverne sillonnée d'éclairs, dans laquelle un beau cavalier la pressait défaillante et pâmée sur sa poitrine.

« Comme nous nous aimions », pensait-elle. « Et dire que tout est fini... Pauvre Gautier ! tu es tombé sans doute sous la flèche de quelque routier flamand !... Qui sait ? peut-être sous le poignard d'un émissaire d'Enguerrand !... Je ne te reverrai plus... Ah ! mon Dieu ! vous m'avez déjà cruellement punie, mais ce n'est pas assez pour l'expiation de ma faute. Je veux vous immoler mon amour... vous consacrer ma vie... et me vouer à votre service jusqu'à la mort. Oui ! ma résolution est irrévocable. et dès demain je l'annoncerai à la mère abbesse. »

Elle avait posé son pinceau sur la table et, renversée dans son fauteuil, elle regardait d'un air attristé le soleil disparaître lentement dans un voile de pourpre et d'or derrière les tours crénelées du château royal de Pontoise, quand un coup discrètement frappé à la porte la sortit soudain de sa rêverie.

Une religieuse entra.

— Je viens de la part de notre mère demander à madame la reine s'il lui serait agréable de recevoir un pèlerin retour de Terre-Sainte ?

— Je suis reconnaisante à votre révérende mère de sa pieuse attention, mais il se fait tard et je me sens un peu lasse ce soir. Ne pourrait-on pas remettre cette visite à demain dans la matinée ?

— Impossible ! le pèlerin se remet en route au lever du soleil.

— Oh ! c'est différent ; je tiens à le voir. Dites-lui, je vous prie, que je l'attends sur-le-champ.

Quelques instants après, le pieux voyageur était introduit près de la jeune reine.

Il entra, les yeux baissés d'un air humble et timide, et resta profondément incliné devant la reine pendant que la sœur se retirait en fermant la porte derrière elle.

C'était un homme de taille moyenne, au dos légèrement voûté, aux traits émaciés, à la barbe longue et inculte. Un ample manteau brun serré à la taille par une ceinture de cuir lui descendait jusqu'aux chevilles.

— Vous êtes le bienvenu, mon frère, lui dit la reine. Il me tarde d'entendre le récit de vos voyages. Prenez un siège, mais laissez-moi d'abord vous débarrasser de votre bourdon.

En même temps elle s'approcha, lui prit des mains le long bâton et alla le placer contre le mur, au fond de la pièce.

Pendant qu'elle s'éloignait, le pèlerin, d'un mouvement rapide, enlève son chapeau, sa perruque et sa fausse barbe, ouvre son manteau et le jette derrière lui.

Quand la reine se retourna, le pèlerin avait disparu et Gautier était devant elle.

Elle ne put retenir un cri.

— Vous ici ! Est-ce possible ? Ai-je bien ma raison

— Oui, ma souveraine adorée, c'est moi... votre fidèle écuyer..

— Et je ne me trompe pas, dans son costume de Fontainebleau.

Et Gautier, se rapprochant :

— Dites plutôt de la caverne d'Apremont, murmura-t-il à voix basse.

— Taisez-vous.

Et toute frémissante, elle se jeta dans ses bras.

— Oh ! Gautier, mon Gautier, que je vous aime !

Déjà elle se laissait aller à l'enivrement de ses baisers, quand, songeant tout à coup à Enguerrand, et glacée d'effroi à la pensée de cette haine assoiffée de vengeance :

— Mais, au fait... d'où venez-vous ? dit-elle en se rejetant en arrière.

— Du Louvre, où est le roi Philippe, et où je suis arrivé hier.

— Enguerrand sait-il que vous êtes de retour ?

— Sans doute ! ne devais-je pas lui rendre compte de ma mission ?

— Alors, nous sommes perdus... ses espions vous auront suivi. Fuyez, sans perdre un instant.

— Ne craignez rien, je vous en conjure. Sous ce déguisement, qui donc aurait pu me reconnaître ?

— Je ne sais pas, moi... mais j'ai peur...

— Par pitié, mon aimée... ne pensez plus à cet homme... bannissez ces vaines frayeurs.. l'heure est brève... Soyons tout entiers à la joie de notre amour. Ne serait-il pas fou de dérober une minute à nos baisers ?..

Fascinée peu à peu par le charme divin de cette voix qui parlait si tendrement à son cœur, Marguerite, les yeux clos, écoutait, comme dans un rêve.

La nuit descendait, silencieuse et sereine, et enveloppait les deux amants de son ombre protectrice.

Tout à coup, des pas précipités sonnent sur les dalles.

La clef grince dans la serrure, et une poussée se produit contre la porte.

Mais les verrous tiennent bon.

— Ouvrez, au nom du roi, crie une voix.

Les deux amants étaient debout, immobiles, pétrifiés d'épouvante.

— Ouvrez, répète la voix.

Pas de réponse.

— Alors, enfoncez la porte ! commande quelqu'un avec colère.

— Ciel !... la voix d'Enguerrand !... Nous sommes perdus ! gémit Marguerite affolée. Gautier, sauvez-vous !

— Moi, vous abandonner... jamais !

— Il s'agit de mon honneur, Gautier, vite, par cette fenêtre.

— J'obéis... pensez à moi ! Au revoir !

Gautier serre une dernière fois Marguerite dans ses bras et s'élance vers la fenêtre.

Il était trop tard ! un coup de hache venait de la faire voler en éclats.

L'appartement de la reine occupant le rez-de-chaussée, Enguerrand avait renoncé bien vite à forcer une porte bardée de fer, dont il était facile de prévoir la résistance, et avait trouvé un autre moyen d'accès.

A la vue des assaillants dont les armes brillaient à la lueur rouge des torches, Gautier, d'un bond, s'était jeté devant la reine, l'épée à la main.

— Non, non, supplia-t-elle, en lui saisissant le poignet. Ils vous tueraient. Que notre destin s'accomplisse !

Le désespoir dans l'âme, écumant de rage contenue, Gautier remit son épée au fourreau, et en homme résigné aux pires événements, il croisa les bras et, d'un œil fier et dédaigneux, regarda les soldats sauter pêle-mêle dans la pièce, à travers les vitres brisées.

Ils brandissaient leur hache d'un air menaçant, car ils s'attendaient à une résistance désespérée.

Devant l'attitude calme de ces deux jeunes gens, dont ils ignoraient encore le nom et le rang, ils se groupèrent près de la fenêtre, pendant que l'un d'eux se dirigeait vers la porte et en tirait les verrous.

Le coadjuteur entra aussitôt.

Il était accompagné de deux hommes vêtus de noir, dont l'un portait une écritoire suspendue à sa ceinture et tenait sous le bras un rouleau de parchemin.

Marguerite, très pâle, s'était assise dans son fauteuil, et ce fut elle qui, la première, interpella Enguerrand.

— Que signifie, messire? lui dit-elle avec hauteur et d'une voix tremblante de colère. Est-ce ainsi qu'on entre chez la reine de Navarre ?

A ces mots, les soldats se regardèrent les uns les autres avec une stupeur mêlée de crainte.

— Que madame la reine daigne agréer mes excuses, répondit Enguerrand avec une douceur hypocrite, mais je viens ici au nom du roi et par son ordre, remplir une mission douloureuse. J'ai l'honneur de présenter à la reine le lieutenant criminel chargé de constater, avec ma haute assistance, ce qui se passe ici, et d'arrêter le chevalier qui n'a pas craint de pénétrer dans cette sainte maison, sous un déguisement impie, et de porter atteinte à l'honneur de la reine de Navarre.

— Insolent ! s'écria Marguerite.

Et debout, le bras tendu vers la porte : « Sortez ! »

— Pas avant d'avoir exécuté les ordres du roi et d'avoir fait consigner par le greffier, ici présent, que nous avons trouvé auprès de madame la reine le chevalier Gautier d'Aulnay, en costume d'écuyer, répliqua Enguerrand froidement, avec un mauvais sourire.

Puis, s'adressant au lieutenant criminel :

— Messire, vous connaissez les ordres du roi. Agissez.

— Chevalier Gautier d'Aulnay, dit aussitôt le lieutenant criminel, en s'avançant vers le jeune homme et en lui posant un doigt sur l'épaule, au nom du roi, je vous arrête. Rendez votre épée.

A cet ordre, Gautier sentit monter à son front la rougeur de la honte. Un éclair de révolte brilla dans ses yeux, mais avec un effort suprême de volonté, il resta maître de lui et baissa la tête dans une attitude morne et résignée.

Le coadjuteur l'examinait attentivement.

Il connaissait de longue date sa fougue et sa bravoure, et cette passivité le surprit.

Cet étonnement devait bientôt se changer en stupeur.

En effet, au moment où, s'étant approché du groupe des archers, près de la fenêtre, Enguerrand se félicitait déjà de tenir son jeune rival en son pouvoir, Gautier s'écarte un peu du lieutenant criminel, tire son épée du fourreau, lentement, en homme qui se sépare à regret d'une amie fidèle, lève la pointe en l'air, et d'un geste large l'abaisse devant la reine en signe de féal hommage.

Puis, rapide comme la pensée, il relève son arme, s'élance d'un bond vers la porte ouverte, renverse le greffier qui lui barre le passage et disparaît dans les ténèbres.

Sans perdre un instant, le lieutenant criminel lance ses hommes à la poursuite du fugitif.

— Cent écus d'or à celui qui le ramènera... mort ou vif, leur crie le coadjuteur, furieux de voir sa proie lui échapper.

Stimulés par l'appât du gain, les archers se précipitent au dehors, dans toutes les directions. Il ne reste auprès de la reine que les principaux personnages de cette scène : le coadjuteur, le lieutenant criminel et le greffier, éclairés par deux porte-torches.

Le greffier, un vieillard à cheveux blancs, se relevait péniblement, encore étourdi de sa chute.

— Etes-vous blessé ? lui demanda la reine avec empressement en s'avançant vers lui.

— Madame la reine est trop bonne, balbutia le pauvre homme, touché de cette sollicitude inattendue. Je suis un peu meurtri, mais rien de grave, je pense ; j'en serai quitte pour la peur.

— Tenez, asseyez-vous là... dans mon fauteuil, poursuivit la reine avec une simplicité charmante.

— Oh ! non, je n'oserai jamais...

— Allons, obéissez : je le veux !

Et, bon gré, mal gré, le brave homme, confus de tant d'honneur, dut s'installer dans le fauteuil royal, pendant que la reine, souriant tristement, s'asseyait sur un simple escabeau.

Cette souveraine, torturée par les plus cruelles angoisses, s'oubliant elle-même pour entourer de prévenances et de soins celui qui tiendra tout à l'heure au bout de sa plume son honneur de femme et sa couronne de reine, n'était-ce pas un spectacle d'une grandeur émouvante et tragique ?

C'est ce que pensait sans doute le lieutenant criminel, car visiblement déconcerté et troublé, il interrogea du regard le coadjuteur pour s'inspirer de son attitude.

Après un mouvement bien naturel de colère et de dépit, celui-ci avait déjà recouvré son sang-froid, et désireux d'arriver à ses fins :

— Maître Donat, vous sentez-vous en état de dresser votre acte ? demanda-t-il au greffier avec une fermeté nuancée de sollicitude apparente.

— Je ferai de mon mieux, monseigneur.

— Commencez, et relatez sans rien omettre ce que vous venez de voir.

— Que madame la reine me pardonne, dit le brave homme d'une voix tremblante en s'adressant à la reine, je dois obéir aux ordres du roi.

— Je comprends. Allez ! accomplissez

votre triste besogne, répondit la reine d'un air apitoyé.

Me Donat se mit alors au travail et procéda à la relation d'un procès-verbal dans lequel, après les formules d'usage, il constatait d'abord le refus d'obéissance au roi, la porte fermée à double verrou, la nécessité de briser la fenêtre pour pénétrer à l'intérieur, puis le désordre des vêtements de la reine, la découverte d'un manteau de bure, d'un bourdon, d'une fausse barbe et des autres accessoires composant un déguisement de pèlerin ; enfin, la présence du chevalier Gautier d'Aulnay en costume d'écuyer, le tout concourant à établir d'une façon indiscutable le flagrant délit d'adultère, et la culpabilité des deux complices.

Quand il eut cessé d'écrire, il relut la pièce et la porta au coadjuteur.

— Lisez tout haut, lui dit ce dernier.

Me Donat s'exécuta à regret, d'une voix grêle et cassée, toussotant à certains passages, comme pour atténuer les charges accablantes de cet acte, qui constituait, dans son laconisme, un terrible réquisitoire.

— Monsieur le lieutenant criminel, avez-vous des observations à faire? demanda froidement le coadjuteur, aussitôt la lecture terminée.

— Non, monseigneur.

— Alors, veuillez apposer votre signature.

Quand le lieutenant criminel eut signé :

— A votre tour, monseigneur, fit Me Donat, en présentant la plume à Enguerrand.

— Non, laissez-moi l'acte, j'y ajouterai mon sceau avant de le remettre au roi. Et s'adressant au lieutenant criminel :

— Votre mission est terminée, messire. Vous pouvez vous retirer, ainsi que maître Donat. J'ai à m'entretenir quelques instants avec la reine. Si vous voulez bien m'attendre au couvent, nous repartirons ensemble. Les porte-torches vous accompagneront à travers le parc, car il fait nuit noire. Vous pourrez en même temps vous informer de ce que sont devenus vos hommes.

— Mais, monseigneur, vous ne pouvez rester dans l'obscurité.

— Cette lampe me suffira.

Et ce disant, il prit une lampe de fer sur la table et l'alluma :

— A tout à l'heure, messieurs.

Il en coûtait à Me Donat de partir ainsi sans un mot de reconnaissance pour cette reine, si compatissante et si malheureuse ; mais le coadjuteur paraissait si pressé d'être seul, qu'il dut, à l'exemple du lieutenant criminel, se contenter d'un profond salut.

Marguerite avait repris possession de son fauteuil, et les coudes appuyés sur la table, la tête entre les mains, les yeux fixés devant elle, ne semblait pas s'apercevoir de la présence d'Enguerrand.

— Nous sommes seuls, lui dit ce dernier à voix basse. Personne ne saura ce qui s'est passé entre nous... Ecoutez-moi, car l'heure est grave... Votre couronne, votre liberté, votre vie peut-être, tiennent dans ce parchemin... Eh bien, si vous vouliez, si vous daigniez prendre pitié de mon amour... de cet amour qui me torture et me ronge... j'en fais le serment sur mon salut éternel... jamais ce rapport infamant ne sera connu du roi. Tout à l'heure... après votre premier baiser, vous le brûlerez vous-même, ce rapport, à la flamme de cette lampe. J'achèterai par des menaces ou des promesses le silence de ceux qui sortent d'ici, et s'il le faut... j'arracherai la langue aux bavards... Décidez de mon sort et du vôtre... Un mot, un seul mot d'espoir... ou de pitié... je vous en supplie à genoux.

Et il se traînait à ses pieds, les mains jointes...

Marguerite restait insensible et muette.

— Vous ne répondez pas... continua-t-il en se relevant. Vous ne savez donc pas que, dans trois jours, un héraut annoncera dans les rues de Paris le crime et la condamnation de Marguerite de Bourgogne, reine de Navarre... Vous ne savez donc pas que le cachot vous attend... le cachot réservé aux reines adultères qui ont traîné leur couronne dans la boue? Mais répondez, malheureuse!... le temps passe... dans un instant, il sera trop tard.

Et soudain, avec un ricanement sardonique :

— Ah! je le sens bien! c'est toujours votre amant qui vous hante et me barre la route... mais demain il sera mon prisonnier... demain, je me vengerai sur lui de vos dédains... je lui ferai donner la question, et dans la torture il nous criera la volupté de vos étreintes et de vos caresses.

A l'évocation de ces atrocités, Marguerite tressaillit.

— Ah oui! poursuivit-il, s'exaltant de plus en plus, cela vous émeut... mais peu vous importe de me broyer le cœur... Eh bien! je souffre trop pour attendre... je vous veux... je vais prendre de force ce que vous refusez à mes prières... Entendez-vous... ma belle?

Et, en même temps, il lui saisit les poignets.

— Ah! vous me faites mal... gémit-elle, essayant de se dégager.

Mais égaré par le désir et la rage, il la serrait plus fort... Déjà, il effleurait ses lèvres.

— A moi! cria-t-elle, sentant ses forces faiblir.

A cet appel déchirant, Enguerrand recula effrayé.

— Lâche, vous me faites horreur!

« Oui, insista-t-elle en le regardant en face et en martelant ses paroles, je l'aime autant que je vous hais!

— Eh bien! Marguerite de Bourgogne, rugit-il, vous me haïrez davantage quand vous verrez comment je me venge.

Sur ces mots il sortit le poing tendu, en signe de menace.

Marguerite brisée, anéantie, se laissa tomber sur son siège.

Après une longue crise de larmes, la fatigue l'emporta sur la douleur, ses idées devinrent plus confuses, ses nerfs se détendirent, et déjà elle se sentait glisser dans un assoupissement voisin du sommeil, quand tout à coup elle eut la perception d'un bruit sourd, et sentit aussitôt la tiédeur d'une haleine passer sur son visage.

A demi morte de peur, elle se demandait si elle n'était pas le jouet d'un horrible cauchemar.

Elle n'osait ni respirer ni entr'ouvrir les yeux.

Alors une voix, légère comme un souffle. murmura à son oreille :

— Espère encore... Je suis libre... Je vivrai pour t'aimer, te sauver et te venger.

— Merci, Gautier! à toi pour toujours! soupira-t-elle dans un baiser.

Quand elle se retourna vers la fenêtre, elle aperçut à la lueur mourante de la lampe, l'ombre de Gautier qui fuyait dans la nuit.

## IX

### EN ROUTE VERS PARIS

Après une nuit entrecoupée de visions terrifiantes, la jeune reine commençait à se reposer d'un sommeil plus paisible, quand un bruit de pas la réveilla.

Le jour paraissait à peine, un jour gris et blafard, endeuillé comme ses pensées.

Quand elle ouvrit les yeux, deux hommes étaient de garde devant la fenêtre.

D'autres archers occupaient la porte.

Aussitôt, Marguerite se rappelle... elle comprend... En un instant, elle est debout. Un homme vêtu de noir qui, dissimulé dans un coin, semblait guetter son réveil, s'approche alors à pas comptés, et, s'inclinant avec les marques d'un profond respect, dit d'une voix grave :

— Madame la reine, j'ai à m'acquitter d'une pénible mission. De par le roi, veuillez me suivre.

En ce sombre personnage, la reine a reconnu le lieutenant criminel.

« Je suis perdue ! pense-t-elle. La vengeance d'Enguerrand commence. »

Sans prononcer une parole, elle jette une mante sur ses épaules, enveloppe sa tête d'un voile épais qui cache à peu près son visage, et, livide, les traits meurtris, se soutenant à peine, d'un pas automatique, elle se dirige vers la porte, où les gardes s'écartent pour lui livrer passage.

Pas une religieuse, pas une amie n'est auprès d'elle pour l'assister à cette heure d'inexprimable détresse.

L'ordre de ne laisser âme qui vive sortir des bâtiments du monastère a été rigoureusement exécuté. Le coadjuteur a fait le vide autour de sa royale victime. Dans cette morne solitude, le silence n'est interrompu que par le chant moqueur des merles dans les bosquets, et le grincement du gravier écrasé par le pas des gardes. On traverse ainsi le parc dans toute sa longueur, et on arrive à la grande porte d'entrée, devant laquelle stationne une litière, portée par deux chevaux. La jeune reine y prend place, les rideaux de cuir s'abaissent et se ferment des deux côtés, et le cortège se met en marche.

Après avoir cheminé sans arrêt pendant plus de trois heures, la petite troupe entrait dans Argenteuil et s'engouffrait sous le porche d'une hôtellerie de bonne apparence, à l'enseigne du Mouton d'Or.

A la vue de cette litière escortée de cavaliers, maître Rigobert, l'œil rayonnant, le sourire aux lèvres, était accouru, et le bonnet à la main, commençait à débiter d'un ton obséquieux, ses plus beaux compliments de bienvenue.

Le lieutenant criminel ne lui laissa pas le temps d'aller jusqu'au bout.

— Allons, l'ami, fais évacuer ta cour, ferme tous les volets, condamne les portes sur la rue, et veille à ce que personne ne pénètre ici !

Cet ordre fut donné d'un ton de commandement qui ne souffrait pas de réplique.

Le patron du Mouton d'Or, abasourdi, n'osait faire un geste, ni articuler une parole.

— As-tu compris ? demanda le lieutenant criminel, en fronçant le sourcil.

— Certainement, monseigneur, certainement, bredouilla le pauvre homme.

— Alors, qu'attends-tu ? fit son interlocuteur de plus en plus impatient.

— C'est que, Monseigneur, risqua l'hôtelier en appelant à lui tout son courage, ce que vous m'ordonnez est tellement extraordinaire, que je voudrais bien savoir à qui je vais avoir l'honneur d'obéir ?

— Qu'à cela ne tienne : je suis le lieutenant criminel.

— J'aurais dû m'en douter, répondit maître Rigobert, avec un léger tremblement dans la voix. On voit que Monseigneur a l'habitude de commander.

— Et l'habitude d'être obéi, dit le lieutenant criminel.

Ces mots furent martelés d'un ton si hautain, que maître Rigobert ne jugea pas à propos de prolonger la conversation.

— On y va, monseigneur, on y court, dit-il en s'éloignant rapidement.

Quelques instants après, toute l'hôtellerie était en émoi. Des valets couraient de tous côtés. Des voyageurs furieux regimbaient, menaçaient, claquaient les portes. Enfin le tapage diminua, le calme se fit, et maître Rigobert revint bientôt dans la cour silencieuse, aux volets fermés, aux portes closes annoncer d'un air important au lieutenant criminel que ses ordres étaient exécutés.

Ce dernier esquissa un geste de satisfaction, et congédia l'hôtelier d'un air radouci, après quelques mots dits à voix basse. Puis, il s'approcha de la litière, souleva un des rideaux, et offrit à Marguerite de descendre un instant.

— Volontiers, répondit la jeune reine, d'une voix brisée, on étouffe dans cette litière.

Et, s'appuyant sur la main du lieutenant criminel, elle descendit péniblement à terre, et se dirigea d'un pas mal assuré vers la salle où maître Rigobert venait de préparer à la hâte quelques plats froids, en se confondant en excuses d'offrir si maigre chère.

La jeune reine y toucha du bout des lèvres, erra quelques instants dans la cour, et, à bout de forces, regagna sa litière.

Un des cavaliers ferma la portière et se préparait déjà à dérouler le rideau de cuir, quand la reine, interpellant le lieutenant criminel, lui demanda doucement :

— Messire, où sommes-nous, ici ?

Depuis l'arrivée à l'hôtellerie, le lieutenant criminel avait soigneusement évité, en parlant à la reine, de lui donner son titre, de peur d'être entendu d'une oreille indiscrète. Mais, en ce moment, se croyant seul, il se pencha vers la prisonnière, et dit à mi-voix :

— Madame la reine, j'ai le profond regret de vous l'apprendre : vous êtes au secret, et il ne m'est permis de vous fournir aucun renseignement.

Pendant ce bref colloque, un homme en haillons sortant de l'écurie contre laquelle la litière était adossée, s'était glissé derrière le lieutenant criminel, assez près pour ne perdre aucune de ses paroles.

— Noble dame, l'aumône, s'il vous plaît, glapit-il, en tendant la main.

Le lieutenant criminel s'était retourné brusquement.

— Mordieu ! d'où sors-tu, manant ? cria-t-il rouge de colère.

Maître Rigobert accourait.

— C'est ainsi que vous exécutez mes ordres ? poursuivit-il, en foudroyant l'hôtelier du regard.

— Monseigneur... balbutia l'hôtelier tout tremblant.

— Quel est cet homme ? Répondez.

— Monseigneur, c'est quelque vagabond qui se sera glissé dans l'écurie avant votre arrivée.

— Mes compliments ! vous avez une maison bien tenue. Je la recommanderai aux gentilshommes de la cour.

— Oh ! par pitié ! monseigneur, gémissait le pauvre homme.

— Allons, jetez-moi ce gueux dehors !

Celui-ci, inquiet de la tournure des explications, se hâtait vers la porte, bousculé à qui mieux mieux par les hommes de l'escorte.

— On s'en va ! on s'en va ! répétait le pauvre diable, pendant que maître Rigobert ouvrait la porte, et le poussait dehors en criant très fort :

— Allons, ouste ! et je ne t'engage pas à revenir de sitôt.

Cependant, les cavaliers s'étaient remis en selle, et l'hôtelier n'eut que le temps de se ranger sous la voûte pour voir défiler l'escorte devant lui, et recevoir dans son bonnet une poignée de livres tournois que le lieutenant criminel lui jeta dédaigneusement au passage.

Le tintement argentin des petites pièces blanches effaça en lui comme par enchantement l'arrogance du grand seigneur.

— Merci, monseigneur, dit joyeusement maître Rigobert.

Et il ajouta, d'une voix éclatante, dans un sublime élan de pardon :

— Dieu vous garde, monseigneur. Au revoir !

Le vagabond, chassé de l'hôtellerie du Mouton d'Or, s'était réfugié en face; derrière un chariot de fourrages, d'où il avait suivi des yeux la petite troupe, jusqu'à ce qu'elle eût tourné le monastère d'Héloïse. Il sortit alors de sa cachette, et partit dans la même direction, avec une vitesse dont on ne l'aurait pas cru capable.

Arrivé à la dernière chaumière d'Argenteuil, il s'arrêta, jeta un regard autour de lui pour s'assurer qu'il était seul, et traça rapidement à l'angle du mur des barres et des signes mystérieux avec un morceau de craie rouge.

Il reprit ensuite sa marche, loin de la litière, mais sans la perdre de vue.

Il cheminait ainsi depuis quelque temps, ruminant dans son esprit les choses étranges qu'il venait de voir et d'entendre dans la cour du Mouton d'Or.

« Cette femme, jeune et jolie, si pâle, si triste dans ses vêtements sombres, ce serait une reine ! Et cependant j'ai bien entendu. L'homme noir a dit « madame la reine ». Mais alors, quelle reine ? »

Le vagabond réfléchissait, cherchait, hochait la tête. Tout à coup, il s'écria :

« Eh ! pardieu ! s'écria-t-il, en se frappant le front, c'est la reine de Navarre ! J'aurais dû la reconnaître à sa beauté ! Mais elle était si blême ! si changée depuis le jour où on l'acclamait dans les rues au moment de son mariage ! Qu'importe, c'est elle ! j'en suis sûr... Mais alors, pourquoi cette litière fermée, cette escorte, ces précautions mystérieuses ! Un enlèvement, peut-être ? Pourquoi pas ?

Le vagabond en était là de ses réflexions, quand un bruit de pas lui fit tourner la tête.

Un homme arrivait près de lui, le touchait presque.

C'était un loqueteux comme lui, portant besace et bâton. Un vieux chapeau, enfoncé sur sa tête, couvrait à moitié son visage. Ses traits, cachés sous une crasse sordide, ne permettaient pas de lui donner un âge. Cependant, à la vivacité de son allure, on le devinait plus jeune que son compagnon de rencontre.

— Fanandel ? interrogea tout de suite le vagabond.

L'autre le regarda sans répondre.

— As-tu entendu ? insista le vagabond.

— Oui, mais je ne comprends pas.

— Ça suffit. Je t'expliquerai ça plus tard, dit le vagabond d'un air protecteur. En attendant, ajouta-t-il avec un bâillement significatif, je voudrais bien casser une croûte, et je n'ai rien à me mettre sous la dent.

— Attends un instant, dit son compagnon, j'ai ton affaire.

Et, s'arrêtant aussitôt, il sortit de sa besace, sous les yeux de son camarade ébloui, un gros morceau de pain frais et une large tranche de lard fumé. Le tout était enveloppé dans un linge dont la blancheur contrastait étrangement avec la saleté de son propriétaire.

— Par les tripes de saint Antoine ! s'écria le vagabond sans se préoccuper de cette anomalie, voilà un picotin qui arrive à point .

Et, faisant passer le lard sous ses narines dilatées :

— Tudieu ! quel fumet ! Un tel morceau ne se mange pas en l'air, ni tout seul. Il y en a pour deux. Tu me tiendras compagnie.

Et, avisant un chêne, dont les rameaux touffus s'allongeaient sur le bord du chemin :

— Tiens ! voici de l'ombre. Viens nous asseoir.

Le loqueteux parut hésiter.

— C'est que je suis pressé, dit-il.

— Ah bah ! quelque rendez-vous d'amour ? répliqua le vagabond en riant.

Mais son rire se figea aussitôt sur ses lèvres. Les traits de son compagnon s'étaient contractés douloureusement, et une grosse larme roulait sur sa paupière.

— Qu'as-tu donc, camarade ? tu souffres ? demanda le vagabond, surpris et apitoyé.

— Ce n'est rien, murmura l'autre avec un soupir.

Et honteux de sa faiblesse, il se raidissait, essayait de réagir.

— Ce n'est rien, répéta-t-il. Un souvenir cruel m'a passé près du cœur... Mais, c'est fini.

— Allons, viens avec moi. Tu vas te reposer un peu, et je vais te raconter ce qui vient de m'arriver... C'est une drôle d'histoire.

Tout en parlant, le vagabond avait pris son compagnon par le bras, et l'entraînait doucement à l'ombre du chêne.

— Maintenant, assieds-toi sur l'herbe, et écoute... Mais d'abord, partageons.

Et déjà, il avait tiré de sa gaine un long couteau bien effilé.

— Garde tout pour toi. Je n'ai pas faim, dit son compagnon, en s'étendant sur l'herbe.

— Bien vrai ?... Alors, je commence.

Et, sans perdre un instant, il coupe deux énormes tranches de lard et de pain, et les engouffre avidement.

Son compagnon contemplait avec une admiration mêlée d'envie ce magnifique appétit.

Le vagabond s'en aperçut.

— Ça t'étonne, bredouilla-t-il, la bouche à moitié pleine... c'est que, vois-tu, je suis parti ce matin de l'Isle-Adam... où j'avais été envoyé en mission...

A ces derniers mots, son compagnon se redressa, et, promenant les yeux sur l'accoutrement misérable de son interlocuteur.

— En mission ? interrompit-il d'un ton singulièrement sceptique.

— Oui... tu as l'air surpris...

— Un peu... Et qui t'envoie ?

— Le grand Coësre.

— Connais pas.

— As-tu entendu parler du roi des truands ?

— Oui.

— Eh bien ! le grand Coësre, et le roi des truands, ça ne fait qu'un.

— Je comprends... Alors, tu fais partie des truands.

— J'ai cet honneur, dit le truand, avec le sentiment de son importance.

— Je ne t'en fais pas compliment.

— Tu as tort.

— Comment ! un ramassis de malandrins, de voleurs, d'assassins !

A cette violente sortie, le truand ne sourcilla pas. Il en avait entendu bien d'autres.

— Calomnies que tout cela, fit-il froidement.

Et il ajouta, en regardant en face son interlocuteur :

— Voyons ! ai-je l'air d'un bandit ?

— Non, pas toi... mais les autres ?

— Peut-être en est-il quelques-uns, concéda le truand, qui justifient notre déplorable réputation, mais reconnais avec moi que si nous n'étions qu'une bande de brigands, le roi Louis le Onzième ne nous aurait pas ouvert les portes de Paris.

— J'en conviens, déclara son compagnon, frappé de la justesse de cet argument.

— Mais la mauvaise foi de nos ennemis ne s'embarrasse pas de si peu.

— Quels sont donc vos ennemis ?

A cette question, une lueur de haine passa dans les yeux du truand, et les sourcils froncés, la voix dure, il répondit :

— Nos ennemis... Mais, ce sont les grands, les riches, les heureux, tous ceux qui, marchands ou seigneurs, exploitent ou pressurent les pauvres gens.

— A t'entendre, répliqua son compagnon vivement intéressé par l'audace et la nouveauté de ces paroles, vous seriez des justiciers populaires.

— Oui, en même temps qu'un refuge pour les épaves de la vie. Notre confrérie est ouverte à tous ceux qui ont été molestés, battus, ruinés, réduits à la misère ; aux infirmes, aux désespérés ; aux manants dont les seigneurs ont volé les femmes et les filles, aux mères dont on a tué ou torturé les fils ; en un mot à tous les malheureux qui ont à se plaindre de la destinée, ou à se venger de la méchanceté humaine, sans compter ceux qui préfèrent au servage, aux tailles, aux corvées, les risques d'une vie errante, souvent sans autre abri que le ciel étoilé, sans autre foyer que le soleil !

Après cette tirade, déclamée avec une certaine emphase, le truand tourna les yeux vers son compagnon, comme pour mesurer l'effet de son éloquence.

Ce dernier, immobile, la tête penchée, semblait absorbé dans une profonde méditation. Au bout d'un instant, ce fut l'orateur qui rompit le silence.

— Eh bien ! qu'en penses-tu ? demanda-t-il.

— Je pense que si tous ceux dont tu parles étaient affiliés à votre confrérie, vous seriez une puissance redoutable.

— Nous sommes cette puissance, affirma le truand dans un rayonnement d'orgueil. Le roi lui-même n'oserait pas toucher à nos privilèges. Que les sergents de la prévôté pénètrent demain en armes dans le royaume qui nous est réservé, en plein cœur de Paris, et je ne donne pas huit jours à la Cour pour fuir devant l'insurrection.

— Vous disposez donc de forces considérables ? demanda le compagnon, dont la curiosité croissait à chaque instant.

— Notre confrérie couvre la France d'un immense réseau, poursuivit le truand avec complaisance. Il n'est pas de ville, entends-tu, pas de bourg où nous ne comptions des « fanandels », c'est-à-dire des affiliés au royaume de l'argot. Tu sais maintenant, n'est-ce pas, ce que c'est qu'un « fanandel » ? Mais ce que tu ignores, c'est que les fanandels ont une langue spéciale, qui leur est apprise par des « cagous » aussi forts, ma foi, dans leur science, que les docteurs en Sorbonne. Ces « cagous » sont surveillés de temps en temps par des « archisuppôts » de l'argot. C'est la mission que je viens de remplir à l'Isle-Adam.

— Alors, camarade, tu serais un archisuppôt ? demanda le compagnon avec une nuance de respect.

— Pour te servir, si j'en suis capable, répliqua le truand, car je n'oublie pas que, quoique grand dignitaire de l'argot, mon estomac allait être, sans toi, soumis à une rude épreuve.

— N'en parlons pas. Dis-moi plutôt ce qui t'advint à l'hôtellerie du Mouton d'Or.

— C'est juste. Revenons à mon Mouton, dit l'archisuppôt, que la bonne chère avait mis en belle humeur. Attention, je commence.

Alors, il raconte qu'harassé de fatigue, sans sou ni maille, n'ayant rencontré aucune âme charitable sur le chemin de l'Isle-Adam à Argenteuil, il s'était glissé dans l'écurie du Mouton d'Or, où il dormait à poings fermés, quand il est réveillé par un piaffement de chevaux dans la cour de l'hôtellerie.

— J'entre-bâille la porte, continue-t-il, je regarde, et j'aperçois une femme devant laquelle un gentilhomme vêtu de noir s'inclinait avec les marques d'un profond respect. Et ça s'explique, car, au moment où, profitant de cette bonne aubaine, je m'approchais pour tendre la main, j'entendis le gentilhomme noir appeler la dame de la litière « madame la reine ».

Le loqueteux sursauta :

— Que dis-tu ? s'écria-t-il, éperdu. Tu as vu la reine ?

— Comme je te vois.

— Mais, au fait, quelle reine? interrogea le loqueteux, craignant un malentendu.

— La reine de Navarre, pardié!

— Tu la connais donc?

— Quel est le Parisien qui ne connaît pas Marguerite de Bourgogne? Quand on l'a vue une fois, elle est si jolie, qu'on ne peut pas l'oublier.

Le loqueteux soupira, puis très tristement, dans une sorte d'extase :

— Oui, elle est divinement belle!

— Par les cornes du diable! s'exclama l'archi-suppôt, on jurerait que tu en es amoureux.

— Hélas!

Cette plainte avait la profondeur d'un gémissement montant du cœur.

— Dans ce cas, camarade, je te plains : la place est prise, observa l'archisuppôt avec une compassion teintée d'ironie.

— Ah! vraiment! Et par qui?

— N'as-tu pas entendu parler du chevalier Gautier d'Aulnay, l'ancien écuyer de la reine?

— Ah bah! Gautier d'Aulnay serait le favori de...

— Tu en parles comme si tu le connaissais.

— Si je le connais! Nous avons vécu longtemps côte à côte.

— Toi!

— Oui, moi! nous appartenions à la maison de la reine de Navarre, lui, comme écuyer, moi, comme valet.

— Vous seriez alors à peu près du même âge.

— Nous nous suivons de très près.

— Eh bien! à te voir — ne te fâche pas — on ne le croirait pas.

L'archisuppôt émit cette appréciation peu flatteuse, en le détaillant curieusement de haut en bas.

— J'ai vieilli de plus de dix ans, à la suite d'une fièvre maligne.

— On s'en aperçoit, dit l'archisuppôt en regardant à nouveau la figure émaciée et ravagée de son compagnon. Il paraît, ajouta-t-il, que Gautier d'Aulnay n'a pas eu de fièvre maligne, lui! On le dit si beau garçon.

— Peuh!

— Voyons! n'a-t-il pas une belle prestance, de beaux yeux, de beaux cheveux blonds?

— On exagère, fit observer timidement le compagnon.

— Tu as beau dire. Ce qui est certain, c'est qu'il a su enjôler la reine, qu'elle en est folle et que ça la perdra... si ce n'est déjà fait...

Le loqueteux frissonna.

— Que veux-tu dire? balbutia-t-il d'une voix angoissée.

— Eh bien! à mon avis, cette litière, cette escorte, ce gentilhomme en tenue de procureur, le vide fait dans l'hôtellerie, la brutalité avec laquelle on m'a jeté dehors pour avoir approché la reine, tout cela me fait craindre qu'on ne prépare contre elle quelque odieuse machination.

Le loqueteux restait pensif et silencieux.

— N'est-ce pas ton avis, camarade? demanda l'archisuppôt.

Le camarade n'écoutait plus. Une seule pensée l'absorbait. Il la traduisit par cette question qui n'avait qu'un vague rapport avec l'avis qu'on lui demandait :

— Alors, tu les as vus partir ?

— Oui, comme tous les bourgeois d'Argenteuil, que le passage de ce singulier cortège avait attirés sur le pas de leur porte.

— Et quelle route ont-ils suivie ?

— Celle où nous sommes. Je les apercevais encore au moment où tu m'as rejoint.

Le loqueteux s'était levé, en proie à une violente émotion.

— Partons vite, dit-il fiévreusement. En pressant le pas, nous arriverons à les revoir.

— Je ne le crois pas. Ils ont eu une trop grande avance.

Tout en répondant à son compagnon, l'archisuppôt repassait dans son esprit certaines questions et diverses particularités de langage et de manières qui lui avaient échappé tout d'abord, et qui, maintenant, à la réflexion, commençaient à le préoccuper singulièrement. Le loqueteux, dont la crasse recouvrait la figure et dont la besace renfermait du linge si blanc, ce loqueteux sur lequel le nom de Marguerite de Bourgogne produisait une si vive impression et qui avait servi à la cour en même temps que Gautier d'Aulnay, ce loqueteux était en train de se transformer, dans l'esprit du truand, en un personnage mystérieux, qu'il était de son devoir de surveiller.

— Que t'importe, après tout ? demanda-t-il brusquement en se tournant vers l'inconnu, qui s'était remis en marche à vive allure, et qu'il avait déjà peine à suivre.

— Il faut que je les rejoigne, m'entends-tu ! répondit ce dernier d'un ton presque cassant. Ne m'interroge pas. Tu le sauras bientôt.

Le truand sentit qu'il n'y avait plus une minute à perdre. Ses jambes le trahissaient et l'inconnu allait le laisser en arrière, en emportant avec lui son secret.

— Je ne peux plus te suivre, gémit-il. Où te reverrai-je ?

— Ce soir, au tintement du couvre-feu, devant le porche de Saint-Jacques la Boucherie.

— J'y serai. Comment t'appellerai-je ?

L'inconnu hésita un instant.

— La Vengeance ! répondit-il, en serrant vigoureusement la main de l'archisuppôt.

Et il reprit aussitôt sa course en avant.

## X

### PRISONNIÈRE !

Le jour commençait à baisser, quand la troupe du lieutenant criminel arriva devant l'enceinte crénelée de la tour Neuve du Louvre.

Une des poternes du bord de l'eau s'ouvrit aussitôt, et la litière pénétra dans une vaste cour, au coin de laquelle s'élevait un bâtiment en pierre grise, percé de fenêtres étroites et grillées.

C'était la tour des captifs illustres, reliée à la Tour Neuve par une allée couverte et fermée.

La litière s'arrêta devant une porte massive bardée de fer, sur le seuil de laquelle un homme, taillé en hercule, vêtu d'une cotte et d'un bonnet brun, portant à la ceinture un trousseau d'énormes clefs, attendait. Marguerite de Bourgogne descendit, et d'un pas chancelant, appuyée sur le bras du lieutenant criminel, gagna le vestibule, où le geôlier, s'étant incliné le bonnet à la main, la guida jusqu'à la chambre qui lui était destinée.

Là, terrassée par la fatigue du voyage et les violentes émotions de ces deux journées, incapable de penser et même de souffrir, elle se laissa dévêtir en silence par la chambrière de service et tomba sur son lit, où elle s'endormit d'un sommeil de plomb. Quand elle se réveilla, il était plein jour. L'esprit d'abord alourdi par cette nuit pesante, où la nature avait pris sa revanche en anéantissant momentanément l'activité de son cœur et de son cerveau, elle reprit peu à peu conscience d'elle-même ; les brumes de ses souvenirs se dissipèrent, et elle reconstitua exactement la série des événements tragiques qui l'avaient amenée dans cette tour du Louvre, où sa destinée allait bientôt se décider.

« Et Gautier, qu'est-il devenu ? se demandait-elle avec angoisse. N'est-il pas aussi sous les verrous ? Ne vais-je pas le retrouver tout à l'heure devant mes juges ? Ah ! l'heure de la vengeance approche, Enguerrand de Marigny, et tu dois la savourer d'avance. Tu jouis déjà de toutes les tortures physiques et morales que les raffinements de ta haine sauront imaginer. Libre à toi ! Tu n'auras pas du moins la joie de te repaître de ma douleur. Je serai forte, et tu verras que la reine de Navarre est au-dessus de la souffrance. N'ai-je pas en moi le bouclier contre lequel toutes les flèches s'émoussent, tous les glaives se brisent : l'amour de celui que j'aime ? Tu peux venir, Enguerrand, je t'attends. »

Ce monologue fut interrompu brusquement par un coup frappé à la porte.

La chambrière entra et dit :

— Madame la reine est priée de se rendre auprès du procureur du roi.

« Il veut sans doute m'interroger sur les circonstances qui ont précédé mon arrestation, pensa la reine. Tant mieux. Je vais me défendre, et si j'ai cédé à l'entraînement de mon cœur, si j'ai manqué à mes devoirs d'épouse, on saura que le dauphin m'a fait ce que je suis. »

Quelques minutes plus tard, Marguerite de Bourgogne, accompagnée d'un capitaine des gardes, s'engageait dans un couloir obscur à l'extrémité duquel se trouvait une porte que l'officier poussa devant lui. Au lieu du cabinet du procureur du roi, c'était la salle du Grand Conseil. Huit conseillers en robe rouge siégeaient sur une estrade recouverte d'un tapis bleu semé de fleurs de lis d'or. A droite, se tenait le procureur du roi ; à gauche, le greffier et ses aides. A ce spectacle imprévu, Marguerite, secouée d'un long frisson, s'arrêta un instant sur le seuil. Mais domptant son émotion, elle s'avança d'un pas ferme vers le siège qui lui était réservé au milieu de l'enceinte. Malgré sa pâleur, pas un muscle de son charmant visage ne trahit les sentiments dont son pauvre cœur était convulsé.

A peine fut-elle assise, que, sur un signe du président, le greffier se leva et commença la lecture de l'acte d'accusation.

Cet acte, c'était la reproduction presque littérale du procès-verbal, dressé l'avant-veille dans la tour de Maubuisson, en présence et sur les ordres d'Enguerrand de Marigny. Le greffier, c'était aussi maître Donat, toujours tremblant, toussotant, bredouillant et chevrotant, comme s'il était encore dans le fauteuil si gentiment cédé, on s'en souvient, par l'infortunée reine de Navarre.

Quand il eut fini, Marguerite se leva et dit :

— Je désire m'expliquer sur les faits qui me sont reprochés.

Le président l'interrompit aussitôt :

— La bonne foi des témoins ne pouvant être mise en doute, répliqua-t-il, le Grand Conseil ne peut admettre aucun moyen de défense.

Et, comme Marguerite, frémissante d'indignation, ouvrait la bouche pour protester contre cet arbitraire monstrueux :

— La parole est au procureur du roi, prononça solennellement le président.

A ces mots, tranchants comme un glaive, l'accusée étouffa sa rage dans un sanglot et s'affaissa sur son siège.

Elle sentit que sa perte était décidée, que tous ces conseillers en robe rouge n'étaient que des valets du roi, et que cette séance du Grand Conseil n'était qu'une infâme parodie de la justice.

Le réquisitoire en fut la preuve.

Après un tableau touchant du bonheur des époux pendant les premiers temps du mariage, le procureur du roi montra avec attendrissement la bonté du dauphin, dont l'indulgence pour l'épouse infidèle n'eut d'égale que sa patience, jusqu'au jour où le scandale, devenu de notoriété publique, menaça d'éclabousser de sa honte les marches du trône.

— Que penser, messieurs, s'écria-t-il en enflant sa voix, que penser de cette princesse de Bourgogne, de cette reine de Navarre, qui n'a pas craint de donner aux saintes filles de l'abbaye de Maubuisson le spectacle de ses amours adultères ? Un tel crime est de ceux que la parole humaine est impuissante à flétrir. Il relève autant de la justice de Dieu que de la vindicte des lois. Le roi, notre sire, pouvait, dès demain, traduire la coupable devant le tribunal du Souverain Juge ; mais, par pitié pour le salut de son âme, il a daigné lui accorder toute latitude de se repentir, jusqu'à sa mort, dans la retraite qu'il lui plaira de désigner. Tel est le désir que je demande au Grand Conseil de sanctionner par un jugement, qui soit en même temps un hommage au roi et à la Justice.

Aussitôt après cette péroraison, accueillie d'un murmure flatteur, le président se leva et donna lecture du jugement, rédigé à l'avance en dehors du tribunal et aux termes duquel Marguerite de Bourgogne, reine de Navarre, était condamnée à la prison perpétuelle. Ledit jugement devait être proclamé par les hérauts du roi à tous les carrefours de la bonne ville de Paris et sur les places publiques de toutes les villes du royaume.

A ces derniers mots, Marguerite, impassible jusque-là, eut un long frisson. Il lui semblait entendre encore les menaces d'Enguerrand de Marigny dans la nuit tragique de l'abbaye de Maubuisson, lorsque, repoussant ses supplications passionnées, elle avait elle-même prononcé sa propre condamnation.

Le président ne lui laissa pas le temps de s'attarder à ces souvenirs.

— Gardes, ordonna-t-il, emmenez la condamnée.

Et, s'adressant au jeune capitaine qui avait accompagné la reine :

— Chevalier de Lusignan, vous surveillerez la prisonnière jusqu'à l'arrivée du geôlier qui viendra la querir.

Le capitaine s'inclina en signe d'acquiescement et reprit avec Marguerite le chemin de la prison où il était venu la chercher une heure auparavant. Arrivé devant la porte, il laissa les deux gardes sur le palier et pénétra seul dans la chambre avec la prisonnière.

A peine entrée, Marguerite se laissa tomber sur un siège et, le visage entre les mains, se mit à sangloter.

Quand elle releva la tête, le chevalier de Lusignan était à ses genoux.

— Que faites-vous? s'écria-t-elle.

L'attitude au moins étrange de ce jeune et beau capitaine, dont les yeux noirs très doux la regardaient avec une expression de respect et de pitié attendrie, la frappait de stupeur. Etait-ce un hommage à sa grandeur tombée? Ou bien une déclaration galante, aussi inexplicable en un pareil lieu qu'inexcusable en semblables circonstances.

— J'implore le pardon de ma gracieuse souveraine, répondit le capitaine d'une voix tremblante d'émotion.

— Qu'avez-vous fait? Je ne comprends pas. Expliquez-vous, de grâce, insista Marguerite, de plus en plus intriguée. Et, d'abord, relevez-vous.

— Ecoutez, poursuivit le capitaine. Moi, chevalier de Lusignan, descendant des rois de Chypre et de Jérusalem, j'ai fait un acte de chevalier félon.

Et, comme Marguerite, impatiente de savoir, ouvrait la bouche pour l'interroger, il continua :

— J'ai accepté d'être un instant le geôlier d'une femme, et cette femme c'est la plus adorable et la plus malheureuse des reines.

Cela fut dit d'un accent si touchant, si sincère, qu'un peu de rougeur colora le visage pâle de Marguerite.

— Vous n'avez rien à vous reprocher, messire, dit-elle. N'avez-vous pas juré obéissance au roi.

— L'honneur est au-dessus du roi, répliqua fièrement le chevalier.

— Vous êtes un noble cœur, chevalier ; vous êtes digne des preux dont vous descendez. Marguerite de Bourgogne, pour la paix de votre conscience, vous pardonne.

En même temps, Marguerite lui tendait sa main, sur laquelle il déposait respectueusement un baiser.

— Madame la reine, — car pour moi vous êtes et vous resterez, quoi qu'il advienne, la reine de Navarre, — prononça-t-il d'une voix grave, nous allons nous séparer peut-être pour toujours. Laissez-moi vous dire que jamais, entendez-vous, jamais je n'oublierai ce qui vient de se passer ici. Un lien sacré m'attache à vous. Ma vie vous appartient désormais. Disposez de ma fortune et de mon épée. Ordonnez. Mon bonheur sera de vous obéir.

— Alors, soyez heureux, capitaine, fit Marguerite en dissimulant sous un air enjoué sa profonde émotion, je vais vous demander un immense service.

— Est-ce possible? s'écria le capitaine, rayonnant de joie.

— Voilà, continua Marguerite en retirant

un petit sachet de son corsage, voilà un petit objet qui est ce que j'ai de plus cher au monde. Voulez-vous me promettre de chercher Gautier d'Aulnay et de lui remettre de ma part ce sachet, en lui disant : « C'est un souvenir d'Apremont. »

— Devant Dieu et sur mon épée, je le jure !

Comme il disait ces mots, la clef grinça dans la serrure, et il eut à peine le temps de glisser le sachet dans son pourpoint, quand un homme entra. Il portait une dague au côté et tenait un bandeau noir à la main. C'était le geôlier, entre les mains duquel devait se faire la remise de la royale captive. L'heure de la séparation était venue pour ces deux êtres encore ignorés l'un de l'autre tout à l'heure, et entre lesquels la sympathie subitement révélée de deux âmes loyales et généreuses venait de créer une amitié indestructible. En se retirant, le capitaine salua très bas la prisonnière. Quand il se redressa, leurs regards se rencontrèrent, et le chevalier de Lusignan vit une larme rouler dans les yeux de Marguerite de Bourgogne. En son cœur angoissé, la malheureuse reine pleurait le départ du plus noble et peut-être du dernier ami.

Aussitôt seul avec sa prisonnière, le geôlier s'excusa d'avoir à lui bander les yeux.

— Où donc allez-vous me conduire ? demanda Marguerite.

— Je ne puis le dire, répondit le geôlier, mais ne craignez rien. Je resterai auprès de vous et je vous guiderai.

En même temps, il appliquait sur les yeux un large bandeau et le nouait derrière la tête, en le tenant toutefois assez lâche pour permettre à la prisonnière de voir à ses pieds et de distinguer le jour de l'obscurité.

Ils sortirent alors de la chambre, descendirent un étage, suivirent plusieurs corridors et arrivèrent à une porte en fer dont Marguerite entendit tirer les verrous et grincer la clef dans une serrure rouillée. La porte s'ouvrit avec un cliquetis de vieille ferraille, et Marguerite sentit, à la bouffée d'air humide et raréfié qui souffla sur son visage, l'entrée d'un souterrain.

Le geôlier prit la main de la prisonnière et l'appuya sur une rampe en fer, en disant :

— Nous allons descendre un escalier. Suivez la rampe et marchez derrière moi.

Puis il battit le briquet et alluma une torche dont la lueur rougeâtre éclaira les pieds de Marguerite.

L'escalier de pierre qu'ils descendaient ainsi était rapide et profond. Il ne comptait pas moins de cent vingt marches inégales et gluantes. La prisonnière, obligée de s'arrêter à chaque pas pour chercher un nouveau point d'appui n'avançait que très lentement. Son effroi croissait de minute en minute et déjà elle se voyait abandonnée dans une de ces oubliettes d'où l'on ne remonte jamais, quand le geôlier lui dit :

— Voici la dernière marche. Nous sommes de plain-pied. Continuez à longer la muraille.

La rampe n'allant pas plus loin, Marguerite tâta le mur de sa main. Elle eut aussitôt la sensation de lèpres humides et molles dans lesquelles ses doigts s'enfonçaient, tandis que ses pieds pataugeaient dans de petites flaques d'eau, où dansait la lueur cuivrée de la torche. Le froid la pénétrait jusqu'aux os.

« Quand donc sortirai-je de ce tombeau ? » se demandait-elle, toute frissonnante.

Soudain, le geôlier s'arrêta.

— Attention, dit-il, voici la première marche d'un escalier. Reprenez la rampe à droite, nous allons remonter.

Et ils gravirent un escalier semblable à celui qu'ils venaient de descendre.

Arrivés en haut, ils se heurtèrent à une porte en fer contre laquelle le geôlier frappa trois coups.

Aussitôt, la porte grinça sur ses gonds et ils se trouvèrent dans une pièce dallée. La torche s'éteignit, et Marguerite eut un soupir de soulagement en voyant à ses pieds un rayon de lumière blanche.

— Tout est prêt? interrogea le geôlier.

— Oui, répondit une voix rude. Mgr Enguerrand de Marigny est venu s'en assurer lui-même.

« Lui ! toujours lui ! pensa Marguerite. Il ne lâche pas sa proie ! »

— Je te remets donc la prisonnière, dit le geôlier. Tu sais ce que tu as à faire, maître Tournebu ?

— Oui, seigneur Pertuiset, répliqua ironiquement Tournebu. Je vais avoir l'honneur d'accompagner à mon tour la noble dame à son nouvel appartement. Au revoir, seigneur Pertuiset.

— Au revoir, maître Tournebu. Surtout, ajouta Pertuiset en se retournant, n'enlève pas le bandeau avant d'avoir enfermé ta prisonnière. Les ordres sont formels.

— Sois tranquille. Je tiens à ma peau.

En prononçant ces mots, Tournebu avait pris doucement Marguerite par le bras et l'avait amenée au pied d'un escalier en colimaçon.

— Tenez-vous bien, lui dit-il en lui mettant la main sur la rampe. C'est un escalier tournant et les marches sont étroites. Dame ! ce n'est pas l'escalier de Fontainebleau.

Et Tournebu, mis en gaieté par ce trait d'esprit, se mit à rire bruyamment, pendant que Marguerite, blessée au cœur par cette allusion brutale, étouffait un soupir douloureux.

Ils gravirent ainsi quatre étages et pénétrèrent dans une pièce dont Tournebu ferma la porte à double tour.

— Nous sommes arrivés, dit-il.

Et aussitôt, Marguerite, débarrassée de son bandeau, jeta les yeux sur sa prison.

C'était une grande pièce ronde et voûtée, éclairée par des fenêtres étroites et profondes qui touchaient au plafond et auxquelles, même haussé sur un meuble, on ne pouvait atteindre. Une large cheminée à hotte assurait le renouvellement de l'air. Un lit, deux escabeaux, une table et un bahut composaient le mobilier.

Dès son arrivée, Marguerite avait remarqué, étendue sur le lit, une robe de bure avec une ceinture de cuir. Tournebu ouvrait déjà la bouche pour lui en donner l'explication. La prisonnière le prévint :

— C'est inutile, j'ai compris, dit-elle.

Tournebu se sentit diminué dans son rôle.

— Dès lors, noble dame, fit-il avec le ton d'une fierté blessée, je n'ai plus qu'à me retirer. Quand vous entendrez sonner douze coups au clocher de l'abbaye de Saint-Germain, on vous montera votre repas.

— Je suis donc près de l'abbaye de Saint-Germain ? demanda la prisonnière.

Tournebu se mordait les lèvres. Il s'aperçut, mais un peu tard, qu'en dépit des ordres reçus, il venait d'avoir la langue un peu longue.

— Oui et non, bredouilla-t-il pour se tirer d'affaire. On ne peut pas dire qu'on soit près..., mais ce n'est pas très loin. Autant dire que c'est dans les environs.

Tournebu murmura ces derniers mots en se rapprochant de la porte. Il l'ouvrit et la referma précipitamment. Il lui tardait d'être à l'abri de nouveaux pièges.

« Après tout, se dit-il en descendant l'escalier, ce n'est pas ce que j'ai dit qui pourra lui faire deviner où elle est. Mgr Enguerrand de Marigny n'en demande pas davantage. »

## XI

### CHEZ LES TRUANDS

Le couvre-feu tintait encore à la tour de Saint-Jacques-la-Boucherie au moment où l'archisuppôt arrivait au rendez-vous. La nuit était noire. Une pluie fine achevait de rendre l'obscurité complètement opaque. On n'y voyait pas à deux pas, et il fallait connaître à fond ce coin de Paris pour se retrouver dans ces ténèbres. A peine distinguait-on à travers les vitraux de l'abside, dans une auréole de couleurs diffuses, la lueur de la petite lampe du sanctuaire.

L'archisuppôt venait de faire deux fois le tour de l'église, fouillant les anfractuosités, promenant sa main sur les murs, sans rencontrer âme qui vive. Il se perdait en conjectures sur les causes d'un tel retard et se demandait s'il ne serait pas sage d'abandonner la place, quand, en sondant une dernière fois les ténèbres, il croit voir une ombre se diriger de son côté. Adossé à un contrefort, il attend, et, au moment où l'ombre passe devant lui, se rappelant le mot de ralliement donné par son compagnon :

— « La Vengeance » ? jette-t-il dans un souffle.

L'ombre s'arrête.

— « Fanandel » ? interroge-t-elle à son tour, tournée vers l'endroit d'où partait la voix.

— Enfin, c'est toi, compagnon, fit l'archisuppôt avec un soupir de satisfaction, en quittant son poste d'observation. Je commençais à te vouer au diable !

— Je te crois, répliqua le vagabond. Figure-toi qu'aucun cabaretier ne voulant de moi à cette heure avec ces guenilles, je m'étais accroupi au coin d'une porte où, ma foi, je me suis endormi.

— Rien d'étonnant, après avoir trimardé toute la journée, observa l'archisuppôt. Je pioncerais bien aussi. Si tu veux, je t'offre un gîte dans ma turne.

— J'allais te le demander. Loges-tu loin d'ici ? questionna le vagabond.

— A cent pas, Cour des Miracles. Tu verras le grand Coësre.

— C'est ce que je désire, déclare le vagabond.

— Tout va bien. En route. Prends mon bras, car tu pourrais te perdre.

Les voilà partis, bras dessus, bras dessous. Ils s'engagent bientôt dans un dédale de ruelles tortueuses, puantes, dans lesquelles l'archisuppôt se dirige comme en plein jour. Plus ils avancent, plus les maisons difformes, hideuse, croulantes, s'abaissent et s'enfoncent dans la terre. De vagues lueurs filtrent à travers les carreaux de papier huilé et laissent percevoir un grouillement de plus en plus compact de loqueteux de tout âge et de tout sexe, à travers lesquels l'archisuppôt a peine à se frayer passage.

Soudain, à un tournant, ils débouchent sur une assez grande place, où des torches, des lanternes, des chandelles accrochées pêle-mêle aux murs décrépits vacillent en lueurs fantastiques.

Au milieu de la place, un cul-de-jatte trône, assis sur un énorme tonneau. Dans la mouvante clarté des lumières se profile sa grosse tête à barbe grise. Ses longs cheveux s'échappent en tourbillons épais d'un immense feutre aux bords déchiquetés, au sommet duquel se dresse en panache la maigre silhouette d'une plume en dent de scie.

A ses côtés, debout sur un tonneau plus bas, deux ménétriers en haillons raclent frénétiquement de la viole d'amour, pendant qu'autour d'eux, truands et ribaudes chantent, crient, hurlent, entraînés dans une ronde infernale.

Séparés du roi des truands par cette barrière humaine infranchissable, le vagabond dut se contenter de contempler de loin le grand Coësre.

— Nous ne pouvons songer à l'approcher en ce moment, dit l'archisuppôt. Viens souper. Nous le retrouverons tout à l'heure.

Quelques instants après, attablés en tête à tête dans une petite salle basse, faiblement éclairée par une lanterne accrochée au plafond, ils découpaient de larges tranches dans un quartier de bœuf rôti à la broche et les arrosaient de certain picton des côteaux de Suresnes, dont les multiples rasades ne tardèrent pas à les mettre en belle humeur.

— Par les tripes de saint Antoine, bégaya tout à coup l'archisuppôt, mon vieux « La Vengeance », j'allais oublier de te présenter au grand Coësre.

— Attendons à demain, si tu veux, proposa le vagabond, dont la tête et les jambes étaient aussi alourdies par le vin que par la fatigue.

— Non, répliqua le truand, tendant l'oreille ; on n'entend plus la musique, les danses sont finies, le grand Coësre va rentrer chez lui.

Et, se levant d'un bond :

— Tiens ! voilà le mec !

Le vagabond regarde. Devant la porte ouverte, une petite carriole passe, traînée par deux énormes dogues. C'est le carrosse du roi des truands.

L'archisuppôt s'élance en titubant quelque peu.

— J'ai besoin de te parler, dit-il, en rejoignant le grand Coësre.

— Est-ce pressé? demande le grand Coësre.

L'archisuppôt se penche et lui parle à l'oreille.

— Ah ! ah ! fait le roi de l'argot de l'air d'un homme vivement intrigué. Eh bien ! aboule ton escargot dans ma turne.

L'archisuppôt fait signe à son compagnon de venir le rejoindre, et tous deux suivent la roulante du grand Coësre, jusqu'au moment où elle s'arrête devant une maison un peu plus haute que les autres. Ce qui distinguait surtout cette maison des turnes voisines, c'était, dans une niche au-dessus de la porte, une image de Dieu le Père grossièrement enluminée, au bas de laquelle brûlait une lampe. C'était là que, chaque matin, suggestionnés par un étrange mélange de foi et de superstition, la plupart des argotiers, malingreux, sabouleux, callots, francs-mitoux, mercandiers et drilles marmottaient une vague oraison avant de se mettre en campagne.

Deux truands enlèvent le grand Coësre de son carrosse et le déposent dans sa turne, sur un siège vermoulu dont le dossier de basane trouée laisse échapper des flocons d'étoupe. Tout le reste du mobilier est à l'avenant dans cette pièce misérable, dans laquelle une lanterne posée sur la cheminée jette une clarté diffuse.

A peine l'archisuppôt et son compagnon sont-ils entrés, que le grand Coësre, s'adressant au vagabond, lui dit, d'une voix gutturale :

— L'archisuppôt m'a conté votre rencontre et m'a dit que tu voulais me voir.

— Oui, répond le vagabond.

— Pourquoi ?

— Pour te demander à entrer dans la confrérie de l'argot.

— Quel est ton but ?

— Me venger.

— De qui ?

Le vagabond hésite.

— Ne crains rien, dit le grand Coësre. Ton secret ne sortira jamais d'ici.

— Le nom que je vais prononcer va vous frapper de stupeur, déclare le vagabond.

— Va toujours, continue le grand Coësre d'un ton dégagé, nous en avons entendu bien d'autres.

Ce qui ne l'empêche de dire à l'archisuppôt :

— Maclou, vois si personne n'est couché devant la porte et, en même temps, boucle la fenêtre.

Au bout d'un instant :

— C'est fait, dit l'archisuppôt. Tu peux babiller.

— Eh bien ! dit le vagabond en scandant ses mots, je veux me venger du Coadjuteur.

— Par les cornes de Belzébuth, tu n'y vas pas de main morte ! dit le grand Coësre, en riant aux éclats. Mgr Enguerrand de Marigny, c'est un gros morceau... Et pourquoi donc le Coadjuteur est-il ton ennemi ? continua-t-il d'un ton passablement narquois.

— Parce que le Coadjuteur est l'ennemi implacable de la reine de Navarre, parce qu'il vient de l'enfermer dans la tour du Louvre, parce qu'il la fera condamner demain par ses valets, parce qu'il la jettera pour toujours dans un cachot, et que... je ne la verrai plus !...

Le vagabond rugit ces mots avec une exaltation croissante ; sa voix est étranglée par les sanglots, ses mains se tordent avec désespoir.

— Qu'a-t-il donc ? interroge le grand Coësre en se tournant vers l'archisuppôt. La girofle l'a antiffé. Il est fou !

— Eh bien ! oui, je suis fou d'amour. J'aime la reine Marguerite de Bourgogne, martèle fièrement le vagabond.

— Pauvre vieux ! dit le grand Coësre avec un accent de pitié dédaigneuse. Tu as reçu un coup sur le ciboulot. Faudra soigner ça, mon pauvre?... Au fait, je ne sais même pas ton nom. Comment t'appelles-tu?

— Je suis Gautier d'Aulnay.

— Toi?

— Moi-même.

— Par le mec des mecs, Maclou, il va falloir l'enfermer.

— Regardez donc tous deux, fait le vagabond avec un geste de colère. Et, en même temps, il passe sur son visage un lambeau de son manteau encore humide de pluie : les rides s'effacent, et ses traits, débarrassés de leur crasse factice, apparaissent dans leur fière et séduisante jeunesse.

Les deux truands, ahuris, écarquillent démesurément les yeux.

Gautier jouit de son succès. Savoir se grimer au point de tromper l'œil expérimenté des grands maîtres de la Cour des Miracles dont les transformations passaient pour de véritables d'œuvres d'art, n'était-ce pas un de ces tours de force dont un profane a le droit de s'enorgueillir?

Gautier pouvait s'arrêter là. Mais, décidé à ne laisser aucun doute sur son identité, il écarte ses haillons et montre son pourpoint d'écuyer brodé aux armes de la reine de Navarre.

— Doutez-vous encore? demande-t-il d'un air vainqueur.

— Tope là, dit le grand Coësre, en lui présentant sa large main. Ce que nous venons de voir équivaut à une épreuve, et, dès maintenant, tu appartiens à la confrérie de l'Argot. Ton ennemi est devenu notre ennemi, et tous les truands du royaume sont avec toi pour t'aider dans ta vengeance.

— Merci, grand Coësre, merci mon vieux Maclou, dit Gautier, en serrant chaleureusement la main de ses nouveaux amis.

— Tu nous remercieras quand tu nous auras vus à l'œuvre, déclara le grand Coësre. Dis-nous d'abord tes projets.

— Délivrer la reine de Navarre.

— Bien. Tu connais sa prison?

— Ce soir même, je l'ai vue entrer en litière dans l'enclos de la tour du Louvre. Mais y sera-t-elle encore demain?

— Je ne le crois pas, observe le grand Coësre. Aussitôt condamnée, elle sera transportée secrètement dans quelque forteresse, qu'il nous faudra découvrir.

— Et après? insiste Gautier, haletant.

— Aussitôt la prison connue, continue le grand Coësre, qu'elle soit à Paris ou dans une ville du royaume, nous donnons le mot d'ordre à tous les fanandels, et, par la force ou par la ruse, nous enlevons la captive. Est-ce bien ce que tu désires?

— C'est plus que je ne pouvais rêver, répond Gautier, tout frémissant d'espoir. Mais, moi, que vais-je faire?

— Dès demain, répond le grand Coësre, tu redeviens l'escargot d'aujourd'hui. Chaque jour, tu vas mendier par les rues, tu te mêles aux groupes au coin des carrefours, à la sortie des tavernes, aux abords de la tour du Louvre, tu épies les gentilshommes de la cour, tu notes les paroles qui peuvent nous éclairer, et tu me rapportes chaque soir ce qui t'a frappé dans ta tournée. Nous ne tarderons pas sans doute à découvrir la prison de la reine, et aussitôt nous aviserons au moyen de la sauver. C'est dit. Tu t'appelles Jean-Pierre et tu loges chez Maclou. Compris, n'est-ce pas? Il se fait tard, bonne nuit et à demain.

. . . . . . . . . . . . . . . . .

Gautier d'Aulnay, le jeune et brillant chevalier, l'élégant favori de la reine de Navarre n'existe plus. Il s'est incarné dans le truand Jean-Pierre. Couvert d'un vieux manteau troué, appuyé sur sa béquille, il traîne la jambe dans tous les quartiers de Paris, implorant la pitié des passants. Avec ses cheveux en broussaille et sa longue barbe hirsute et grisonnante, il peut tendre la main au Coadjuteur lui-même sans crainte d'être reconnu.

Le début de sa vie errante ne fut marquée que par la proclamation de la condamnation de la reine, mais combien ce coup fut cruel ! La première fois que, sur le marché des Innocents, il entendit annoncer, à son de trompe, la flétrissure de sa bien-aimée, tout son sang reflua au cœur. Sous ses rides peintes, sous sa fausse barbe, il devint livide de rage concentrée. Il lui fallut un effort surhumain pour ne pas sauter à la gorge de ce drôle qui criait la honte de la plus adorable et de la plus malheureuse des reines. D'ailleurs, la proclamation, loin de rencontrer l'approbation de la foule, ne fut accueillie que par des paroles de pitié pour la victime et des réflexions malveillantes pour le Coadjuteur. Avec son bon sens instinctif, le peuple avait flairé en Enguerrand de Marigny l'artisan de cette infâme machination.

Dans tous les quartiers de Paris, Jean-Pierre fit la même remarque.

« Voilà une hostilité qui pourra peut-être me venir en aide », pensa-t-il.

Et, dès ce moment, obéissant au plan ébauché dans son esprit, il ne manqua pas, en passant dans les groupes, d'attiser, par des mots jetés à propos, les haines dont il percevait les premières étincelles. Après tout, quoi qu'il dût en résulter, n'était-ce pas pour lui une âpre jouissance de travailler à l'impopularité de son ennemi ? Malheureusement, les jours passaient sans apporter le moindre indice sur le lieu de détention de la reine, et les plus fins limiers parmi les fanandels venus chaque soir au rapport chez le grand Coësre ne signalaient aucune piste.

Les choses en étaient là, lorsqu'en longeant le cloître Notre-Dame vers la fin de l'après-midi, Jean-Pierre entend tout à coup un appel désespéré et le bruit confus d'un cliquetis d'épées.

« Mordieu ! se dit-il, on s'égorge par ici. »

Il presse le pas et aperçoit bientôt dans l'enfoncement d'une maison abandonnée un homme dont la mise était celle des gentilshommes de la maison du roi aux prises avec quatre bandits, qui le serraient de près et cherchaient à l'atteindre de leurs rapières. Mais l'épée du gentilhomme, tournoyant et parant avec une vitesse vertigineuse, semblait un de ces boucliers enchantés qui rendaient les héros invulnérables. Les agresseurs, furieux de cette résistance imprévue, juraient, sacraient, tempêtaient.

— Ventre-pape ! quel démon ! hurlait l'un d'eux.

— Tenons bon, nous aurons sa peau ! criait un autre.

Jean-Pierre arrive. Il considère un instant avec l'admiration d'un connaisseur ce duel héroïque d'un homme contre quatre.

— Touché, clame un des malandrins d'un air de triomphe.

Un filet de sang coule en effet de la main du gentilhomme. L'issue du combat n'est plus qu'une question de secondes.

En cet instant critique, une voix rugit :

— Par saint Denis ! la partie n'est pas égale. Arrière, coquins !

Jean-Pierre a bondi à côté du gentilhomme. D'un formidable coup de béquille, il casse le bras d'un bandit, s'arme de l'épée tombée de sa main et d'un coup rapide comme l'éclair, porté en pleine poitrine, envoie un deuxième agresseur rouler sur le sol.

— Deux contre deux ! crie Jean-Pierre. A chacun le nôtre, messire. Excusez-moi de commencer avant vous.

Son adversaire, écumant de rage, s'est ramassé sur lui-même et se fend à fond, l'épée droite, en hurlant d'une voix terrible :

— Pare ce coup-là ! charogne.

— C'est paré, répond froidement Jean-Pierre.

Un habile dégagement a fait dévier la lame, et le bandit vient s'enferrer lui-même jusqu'à la garde.

Il tombe en proférant un horrible juron.

Le dernier des agresseurs, atteint au même instant à l'épaule, s'enfuit à toutes jambes, et le combat finit, faute de combattants. Cette scène avait duré moins de temps qu'il n'en faut pour la raconter.

Le gentilhomme, encore étourdi par cette incroyable échauffourée, se demandait s'il n'avait pas été le jouet de quelque hallucination. La souffrance que lui causait sa blessure, le sang qu'il voyait couler, la présence à ses côtés de ce mendiant providentiel qui venait de lui sauver la vie eurent vite fait de le ramener à la réalité.

— Mes compliments, mon brave, dit-il à Jean-Pierre, en le regardant avec admiration. Malgré ta barbe grise, tu es le plus rude bretteur que j'aie rencontré. Par le Christ ! sans toi, j'étais un homme mort. Prends d'abord ceci, ajouta-t-il en sortant une bourse de ses chausses. C'est un acompte... Nous réglerons le reste demain, et à ton gré.

— Grand merci, messire, répondit simplement Jean-Pierre. Gardez votre argent. Je ne vends pas mes services.

Le gentilhomme se demanda s'il avait bien entendu. Un mendiant qui refuse une fortune, cela tenait du prodige ! Un tel désintéressement devait cacher un mystère. La première pensée qui se présenta à l'esprit du jeune seigneur fut celle-ci : « Ce loqueteux ne doit pas être un vrai mendiant. » En le considérant avec plus d'attention, il crut remarquer une certaine noblesse dans son attitude, de la distinction dans sa voix, et, rapprochant ces indices de sa merveilleuse dextérité dans le maniement de l'épée, il se fortifia si bien dans son opinion, que, dans sa hâte de savoir, il lui demanda, en le sondant du regard :

— Qui donc es-tu, toi qui pratiques un tel dédain de la richesse ?

— Peu vous importe, messire.

Ces mots furent prononcés avec une fierté si triste, que le gentilhomme se sentit attiré par une sympathie indéfinissable.

— Il importe beaucoup, au contraire, répliqua-t-il avec vivacité. Si tu es trop orgueilleux pour accepter, je suis de trop bonne noblesse pour ne pas acquitter une dette d'honneur comme celle que je viens de contracter envers toi. Viens avec moi, mon brave. Je connais à deux pas d'ici une taverne où nous pourrons causer à l'aise.

En même temps, le jeune seigneur prenait

Jean-Pierre par le bras, et, quelques instants plus tard, ils entraient dans le cabaret du Chat qui pelote. La salle était déserte.

— Hola ! maître Thibaud, appela le gentilhomme.

Le cabaretier avait reconnu sans doute la voix de son noble client, car il répondit de la pièce voisine :

— Voilà, monseigneur.

Et l'on vit accourir, en trottinant, un petit homme rondelet et rubicond, la face épanouie par un large sourire. Mais ce sourire se figea sur ses lèvres à la vue du singulier compagnon auquel le gentilhomme donnait encore le bras.

— Comment ! vous, monsieur le comte, avec ce...

Le reste fut mimé par un geste d'un écrasant dédain.

— Mon Dieu, oui, c'est moi, répondit flegmatiquement le comte, jouissant de l'étonnement de maître Thibaud.

— Excusez-moi, monseigneur, balbutia le cabaretier, mais je me demande encore si c'est bien le comte Guy de Lusignan, capitaine des gardes du roi, que je vois en pareille compagnie.

Puis, soudain, se frappant le front à la vue de la main du comte couverte de sang :

— Ah ! que je suis bête ! s'écria-t-il... Je comprends maintenant... Ce brigand a voulu vous assassiner, vous l'avez désarmé et vous l'amenez ici prisonnier...

— Eh ! eh ! c'est à peu près cela, continua le comte avec une ironie bonne enfant, pendant que maître Thibaud se rengorgeait avec suffisance, il n'y a qu'une légère différence, c'est que ce bandit vient de me sauver la vie et que j'amène ici un ami.

Maître Thibaud, confus, ahuri, cloué sur place, ne savait plus quelle contenance tenir. Le comte le prit en pitié et lui raconta comment, attaqué par quatre malandrins qui en voulaient à sa bourse, il venait d'être blessé à la main et allait infailliblement périr, quand ce mendiant, survenant tout à coup, avait désarmé l'un des brigands et étendu les deux autres sur le carreau, en moins de temps qu'il faut à un moine pour dire un *Pater*.

— C'est une des meilleures lames que je connaisse, conclut le comte, et je crois être bon juge.

— Par la benoîte Vierge Marie, est-ce Dieu possible ! s'exclama maître Thibaud, en joignant les mains.

— Aussi vrai que tu vas nous servir dans la petite salle un des flacons du vin de Chypre dont je t'ai confié la garde.

— C'est que, monseigneur..., observa maître Thibaud.

— Eh bien ! quoi ? interrogea sèchement le comte.

— C'est qu'il n'en reste qu'un seul flacon, continua le cabaretier, en appelant à lui tout son courage.

— Raison de plus ; nous nous rappellerons que nous avons vidé ensemble le dernier flacon de Chypre apporté par les Lusignan, n'est-ce pas, mon brave ? fit-il en se tournant vers le mendiant pour demander son approbation.

— Comme il vous plaira, capitaine, répondit le mendiant d'un air indifférent. Mais, en attendant, je vous engage à panser votre blessure. Les rapières de ces coquins sont souvent suspectes.

— Il a pardieu raison, appuya maître Thibaud. Venez avec moi, monseigneur, M^me Thibaud possède un vulnéraire dont un moine de Saint-Germain-des-Prés lui a donné la recette et qui fait merveille. Ça vous enlève le mal comme avec la main.

Tout en continuant de pérorer avec sa volubilité habituelle, le cabaretier avait conduit le comte auprès de M^me Thibaud, à laquelle il avait recommandé d'une façon toute spéciale leur auguste client, en insistant sur l'honneur qui lui était fait de soigner un Lusignan. Puis, pénétré de l'importance de son rôle, il sortit, la tête haute, et se décida, la mort dans l'âme, à aller chercher dans sa cachette le dernier flacon du fameux vin de Chypre.

— Un pareil nectar, maugréait-il en remontant de la cave, pour un gueux de cette sorte, n'est-ce pas péché mortel !

Aussi, fut-ce d'un air renfrogné qu'il déposa, sans dire un mot, le précieux flacon sur la table où Jean-Pierre était assis, la tête inclinée, indifférent à ce qui se passait autour de lui.

« Pourquoi suis-je ici ? songeait-il. Ce n'est pas après un verre de vin de Chypre que je soupire... Mais, vraiment, pouvais-je refuser l'offre si courtoise de ce gentilhomme ?

Il en était là de ses réflexions, quand le comte, suivi de maître Thibaud, rentra, le bras droit en écharpe.

— Que d'histoires pour une méchante estafilade ! dit-il en riant, un peu honteux de soins qu'il jugeait exagérés. Mais avec M^me Thibaud, on ne fait pas ce qu'on veut. Au moins, cela ne va-t-il nous empêcher de vider ensemble ce vénérable flacon, le dernier d'une illustre lignée. Allons ! remplis les verres, maître Thibaud, et laisse-nous seul.

— Bien, monseigneur, murmura le cabaretier, dont l'effarement se doublait d'une curiosité aiguë. Il prit néanmoins le flacon avec un respect religieux, comme il eût fait d'une relique, et, le penchant lentement, versa dans les coupes la liqueur ambrée. Puis, il gagna la porte, mais non sans avoir jeté au mendiant un dernier regard de mépris et d'envie.

Aussitôt seuls, le comte leva son verre.

— A ta santé, camarade, dit-il. Je trinque de la main gauche, mais c'est de tout cœur.

— A votre santé, monseigneur, répondit Jean-Pierre.

Les deux coupes se touchèrent, et chacun but une première rasade.

— Eh bien ! comment le trouves-tu ? demanda le comte, qui devinait dans le mendiant un connaisseur, à la façon dont il humait et dégustait.

— Fameux ! déclara Jean-Pierre. Je ne me souviens pas en avoir bu de semblable depuis...

Il s'arrêta net, confus d'avoir déjà trop parlé.

— Tu n'as donc pas mené toujours cette misérable existence ? interrogea le comte d'un ton compatissant.

Jean-Pierre ne répondit pas.

Le comte, partagé entre son désir de savoir et la crainte de froisser son étrange interlocuteur, poursuivit :

— Je dois te paraître indiscret, mais, te l'avouerai-je, il y a en toi quelque chose qui m'attire et me donne l'envie de te connaître davantage. Plus je t'observe, plus je suis frappé de ton langage, de tes manières, et surtout de ce dédain de l'argent qui n'est pas coutume dans les gens de ta profession.

Jean-Pierre baissa les yeux. Une rougeur soudaine empourprait son visage.

Le comte sentit qu'il venait de toucher un point douloureux.

— Pardonne-moi, camarade, continua-t-il, je le vois, j'ai été trop loin..., je t'ai fait mal..., j'ai rouvert sans doute une blessure à peine fermée... Je n'insiste plus, mais je tiens à te dire ceci : tu viens de sauver le dernier rejeton des Lusignan, roi de Chypre et de Jérusalem. Je dois à l'honneur de mes ancêtres de te récompenser royalement. Fixe donc toi-même la rançon de la vie que tu m'as conservée au péril de la tienne, et, par le corps du Christ, je jure de t'aider, autant qu'il sera en mon pouvoir, de ma fortune et de mon épée.

— Merci, monseigneur, merci, balbutia Jean-Pierre, remué jusqu'au fond de l'âme... Vous pensez et vous parlez en loyal et bon gentilhomme, mais le service que je pourrais vous demander est peut-être le seul que vous soyez impuissant à me rendre.

— Qui sait ? parle toujours, répliqua vivement le comte. A défaut d'un concours personnel, peut-être pourrais-je t'aider de mes conseils.

Jean-Pierre hésitait. Allait-il livrer à cet inconnu le secret de son cœur ? Parler, n'était-ce pas compromettre le salut de celle qu'il aimait plus que sa vie ? Se taire, n'était-ce pas se priver d'un allié puissant dont le hasard venait de faire un ami ? Dans l'incertitude tumultueuse de ses pensées, il scruta de nouveau le comte d'un regard pénétrant. Il trouva dans ses yeux clairs une expression si droite et si loyale, qu'il sentit s'évanouir ses dernières appréhensions et murmura très bas, en se penchant tout près de son interlocuteur :

— Je voudrais connaître la prison de la reine de Navarre.

L'émotion du mendiant, sa pâleur, le tremblement de sa voix achevèrent d'intriguer au plus haut point le gentilhomme. Il se voyait en présence d'un mystère qu'il avait le devoir d'approfondir. Pourquoi donc ce truand tenait-il à savoir la prison de Marguerite de Bourgogne ? D'où venait ce trouble étrange dont il n'avait pas été le maître ? Avait-il en face de lui un ami ou un ennemi de la reine ? Certes, il devait à son sauveur une immense reconnaissance, mais son devoir allait-il jusqu'à perdre peut-être l'infortunée princesse qu'il s'était juré de sauver ?

Ces réflexions se heurtaient dans son esprit pendant que le mendiant, anxieux, semblait implorer du regard une réponse.

— Ce que tu me demandes, fit observer le comte, n'est ni plus ni moins qu'un secret d'Etat. Je suis à la cour un des rares qui le connaissent.

— Vous le connaissez ! s'écria Jean-Pierre, dont le visage rayonnait d'un espoir indicible. Ah ! parlez, monseigneur ; parlez, je vous en conjure.

— Mordieu ! quelle impatience ! fit le comte, de plus en plus perplexe, laissez-moi respirer... Bien que n'étant lié par aucun engagement d'honneur...

— Alors, monseigneur, rien ne vous empêche...

— Je suis obligé, continua le comte, dans une question de cette importance, de m'entourer — tu dois le comprendre — de certaines garanties...

— Ah ! interrompit Jean-Pierre, subitement assombri.

— Et, pour commencer, de te demander, par exemple, ton nom, ton vrai nom, appuya le comte, et pourquoi tu attaches tant d'importance à la possession de ce secret.

— Ce n'est pas pour moi, déclara Jean-Pierre, sans lever la tête, mais pour quelqu'un qui m'a rendu jadis un grand service... et qui a un intérêt vital à posséder ce renseignement.

— Et cet homme, est-ce un ami ou un ennemi de la reine de Navarre ?

— En dehors du Coadjuteur et du dauphin, la reine Marguerite n'a pas d'ennemis.

— Qu'en sais-tu ? questionna le comte insidieusement.

— Je le tiens d'un ami personnel de la reine.

— Cet ami est peut-être aveugle... ou suspect.

— Suspect, lui ! protesta vivement Jean-Pierre.

— Ne le connaissant pas, je puis tout supposer.

Jean-Pierre se sentait engagé dans une impasse. Il résolut d'en sortir, et, prenant un ton grave et solennel :

— Jurez-moi, monseigneur, dit-il sans autre préambule, jurez-moi sur votre salut éternel, de ne jamais révéler le nom que je vais dire ?

— Sur le salut de mon âme, je le jure, dit le comte en levant la main.

— Eh bien ! cet ami, c'est le chevalier Gautier d'Aulnay !

Le comte sursauta.

— Tu connais Gautier d'Aulnay ?

— Intimement.

— Tu sais où il demeure ?

— Je le sais.

— Tu pourrais m'y conduire ?

— Ça dépend, répliqua Jean-Pierre, intrigué à son tour de l'insistance du comte. Vous ne serez pas surpris, monseigneur, si je me permets de vous demander pourquoi vous semblez si pressé de rencontrer le chevalier Gautier d'Aulnay ?

— Qu'à cela ne tienne... Je suis chargé pour lui d'une mission de la dernière importance.

— Chargé... par qui ? monseigneur.

— Par une personne qui lui veut le plus grand bien.

Le mendiant s'est levé. Penché en avant, les mains appuyées sur la table, livide, tremblant, il s'écrie :

— Vous avez vu la reine ?

— Oui, déclare le comte, en baissant la voix.

— Parlez..., mais parlez donc... ! Je suis Gautier d'Aulnay.

— Vous !... sous ces guenilles !

— Moi-même.

En même temps, Jean-Pierre — ou plutôt Gautier d'Aulnay — se retourne un instant et passe rapidement la main sur son visage.

— Voyez plutôt, dit-il.

— Est-ce possible ? s'écrie le comte, à la vue de ces traits fins et délicats dont la souffrance n'avait pu détruire le charme juvénil.

« Et, cependant, continua-t-il, plus je vous regarde, plus je reconnais en vous Gautier d'Aulnay. La dernière fois que je vous vis, c'était à Pontoise, à la messe où le roi vous fit chevalier... Vous étiez heureux, alors.

— Vous savez tout, n'est-ce pas, monseigneur? soupira Gautier.

— Je sais, répondit le comte en lui tendant la main, que vous êtes l'ami de la plus noble et de la plus séduisante des femmes. Je l'ai vue...

— Où?... Quand?... implora Gautier, haletant.

— A la tour du Louvre, poursuivit le comte, quelques instants après sa condamnation, et c'est alors que, dans une courte entrevue que je n'oublierai jamais, je lui jurai de vous retrouver et de vous remettre ceci.

En même temps, le comte présentait à Gautier un sachet de satin jauni, brodé aux armes de Navarre.

Gautier le saisit de ses doigts tremblants et l'entr'ouvrit lentement... Quelques feuilles de roses flétries, maculées de taches brunes, glissèrent dans sa main... A cette vue, son cœur fut si douloureusement étreint, que ses larmes coulèrent, coulèrent comme une rosée d'amour, sur les chères petites feuilles. Le comte de Lusignan, ému jusqu'aux larmes, mordillait sa moustache.

« Comme ils s'aimaient! » pensa-t-il.

Puis, cédant tout à coup à un mouvement de sympathie irrésistible :

— Chevalier Gautier d'Aulnay, dit-il, j'ai encore, grâce à vous, une main pour la vôtre ; prenez-la, c'est la main d'un ami. Vous n'êtes plus seul désormais pour sauver la reine Marguerite. Ma fortune et mon sang sont à vous..., et, vive Dieu! j'espère qu'avec nos deux épées, nous ferons de la belle et noble besogne.

— Avec vous, monseigneur, répondit Gautier en tenant la main du comte serrée dans la sienne, je renais à l'espérance... Alors, vous savez où ma reine est emprisonnée?

Le comte se pencha vers lui et murmura très bas :

— A la tour de Nesles.

— Qu'entends-je? s'écria Gautier, en frappant la table du poing.

— Silence, au nom du ciel, chevalier, supplia le comte. Du calme et de la prudence, ou tout est perdu.

— Vous avez raison, monseigneur, dit Gautier, en se maîtrisant aussitôt. Ne parlons plus. Agissons.

— A la bonne heure! Je suis prêt... Que faut-il faire?

Gautier se recueillit un instant, puis il releva la tête et dit :

— Le sort de la reine est entre les mains d'Enguerrand. C'est lui qui tient les fils de cette ténébreuse machination. C'est lui qu'il faut surveiller. Ce sont ses projets qu'il faut surprendre, ses pensées qu'il faut scruter jusqu'au fond de son âme.

— Bien, répondit le comte, et le jour où j'aurai une nouvelle grave à vous apprendre, où vous trouverai-je?

— Vous tracerez une croix blanche à l'angle de cette taverne. Je la verrai en rentrant de ma tournée, et je vous indiquerai par un chiffre au-dessus de la croix l'heure d'un rendez-vous le lendemain dans cette salle.

— Et si vous aviez besoin de moi? interrogea le comte.

— Vous n'aurez, monseigneur, qu'à passer ici tous les deux jours. Les mêmes signes vous avertiront de l'heure où je vous attendrai ici le lendemain.

L'entretien des nouveaux amis prit fin sur ces paroles. Ils se serrèrent une dernière fois la main et se dirigèrent vers la porte.

Pendant cette longue conversation, la curiosité de maître Thibaud, aiguisée de jalousie, croissait de minute en minute. Il se promenait nerveusement dans le cabaret, servant les clients d'un air distrait et lorgnant du coin de l'œil la porte si lente à s'ouvrir.

Enfin, il entendit grincer la serrure, et les deux hommes parurent. Mais on juge de sa stupéfaction en voyant le vagabond passer le premier. Il se préparait déjà à l'interpeller de belle façon sur son manque d'égards, quand un mot le cloua sur le sol.

— Après vous, je vous prie, disait le comte.

Le comte de Lusignan, le descendant des rois de Chypre et de Jérusalem, avait dit vous à ce gueux !

Quel était donc ce mystère ?

## XII

### VERS LA DÉLIVRANCE

Quinze jours à peine après l'entretien que nous venons de raconter, Paris était en ébullition. De la porte Saint-Honoré à la porte Saint-Antoine, de la montagne Sainte-Geneviève aux fossés Saint-Denis, un souffle de révolte passait. On ne reconnaissait plus le bourgeois, humble et timoré, habitué à courber l'échine devant les seigneurs et à ronger silencieusement son frein. Dans les rues, dans les tavernes, des groupes se formaient, où l'on ne craignait pas de parler haut, de blâmer le pouvoir et d'aller jusqu'à la menace. Après l'exécution arbitraire des Templiers, après la falsification éhontée des monnaies, la condamnation de la gracieuse petite reine de Navarre était venue s'ajouter aux sujets du ressentiment général.

Les Parisiens, impressionnables autrefois comme aujourd'hui, prompts à s'emballer pour les bonnes comme pour les mauvaises causes, avaient pris carrément parti pour la reine contre la cour.

Ce mouvement de pitié n'avait pas jailli de lui-même, il faut bien le dire. Une cause, insignifiante en apparence, avait suffi à produire un grand effet et à servir d'étincelle au feu qui couvait sous la cendre. Un jour, dans une taverne des faubourgs, un mendiant avait chanté une complainte naïve et touchante, et voici que cette complainte, colportée rapidement de cabaret en cabaret, avait gagné la rue. Les passants s'arrêtaient, se pressaient autour de ménestrels en guenilles, et bientôt on se mit à reprendre en chœur le fameux refrain :

O mon peuple, tu dors, et ta reine est captive.<br>Du fond de mon cachot monte ma voix plaintive.<br>Peuple, je n'ai que toi !<br>Peuple, réveille-toi !<br>Vers toi, je tends les bras ; viens, délivre-moi vite,<br>Sauve ta Marguerite !

L'appel de la reine avait été entendu, et l'auguste prisonnière de la Tour de Nesles, la victime des menées ténébreuses d'Enguerrand de Marigny, était devenue en quelques jours le symbole des colères populaires.

Tel était l'état d'esprit de la population parisienne, certain après-midi où, à la fin de sa tournée, Gautier aperçut à l'angle de la taverne du Chat qui pelote le signe convenu pour un rendez-vous. Le lendemain, à l'heure indiquée, les deux amis se retrouvaient dans la petite salle de maître Thibaud.

Bien que Gautier fût en avance, le comte de Lusignan l'attendait déjà. Les nouvelles devaient être importantes. A peine la porte fermée, le comte commençait ainsi, sans autre préambule :

— Mon cher chevalier, votre campagne est supérieurement conduite. Vous avez si bien gagné le peuple, que la cour, indifférente au début, commence à s'émouvoir. Elle se demande si tout finira par une chanson, ainsi qu'elle le supposait tout d'abord. Le coadjuteur lui-même ne dissimule plus son inquiétude. Il a doublé les rondes du guet, et le geôlier de la tour de Nesles a reçu les ordres les plus sévères. A mon avis, le moment est venu de tenter, sans plus tarder, de s'emparer de la forteresse.

Gautier, les traits contractés, se taisait, en proie à une grande perplexité.

— Monseigneur, répondit-il enfin, je comprends la gravité de vos raisons, et je voudrais agir dès demain. Mais quelles que soient les sympathies du peuple, il n'est pas organisé pour la lutte, et un soulèvement irréfléchi et désordonné ne serait qu'un prétexte à représailles et rendrait impossible à jamais la réussite de nos projets.

Le comte laissa percer d'abord un certain désappointement, mais il ne s'en rallia pas moins aux objections de son interlocuteur.

— Vos raisons sont concluantes, déclara-t-il, mais le temps presse... Si vous ne pouvez pas utiliser cette force irrésistible, qui s'appelle « l'Opinion », que comptez-vous faire ?

— Agir seul avec quelques compagnons dévoués, répondit Gautier.

— Où les trouverez-vous ?

— Chez les truands.

— Pouvez-vous compter sur eux ?

— Comme sur moi-même.

— Quel serait alors votre plan ?

— Donner rendez-vous à une centaine de routiers affiliés à la corporation. Ils arriveront isolément à la brume, leurs armes cachées sous des haillons de mendiants, et se dissimuleront autour de la tour, prêts à accourir au premier signal.

— Et moi, interrompit le comte, quel sera mon rôle ?

— Vous, monseigneur, vous m'accompagnerez à la tour. Votre tenue de capitaine des gardes, vous ouvrira les portes.

— Ne craignez-vous pas, fit observer le comte, qu'en me voyant avec un vagabond... ?

— Vous serez accompagné d'un chevalier. Je revêtirais la cotte d'armes que je portais dans les Flandres.

— Parfait... Alors ?... Continuez.

— Aussitôt la porte ouverte, je me jette sur le geôlier, je le terrasse, je m'empare de ses clefs et le poignard sur la gorge, je le somme de m'indiquer la prison de la reine.

— Mais, objecta le comte, s'il appelle..., si les gardes accourent à ses cris...

— Ceci n'est pas à craindre, car, pendant que je m'occuperai du geôlier, d'un tour de clef vous enfermerez les gardes dans leur salle, et avant qu'on ne vienne à leur aide, la reine sera hors de toute atteinte. D'ailleurs, si contre mes prévisions, du secours arrivait du dehors, un coup de sifflet appellerait les camarades à la rescousse, et avec ces gaillards-là la bataille serait de courte durée.

— Cependant, hasarda le comte, si les archers du roi accouraient en nombre?

— Oh ! dans ce cas, nous nous enfermons dans la tour, on sonne le tocsin dans toutes les églises, de gré ou de force, le peuple se soulève, s'élance en armes de tous les quartiers, et balaye, comme un ouragan, tout ce qui résiste à son passage.

Au lieu d'admirer cette solution héroïque, le comte se tenait sur la réserve et gardait le silence.

— Ne seriez-vous pas de mon avis, monseigneur? interrogea Gautier, déconcerté.

— Si fait, répliqua le comte... Néanmoins, je me demandais à l'instant, en vous entendant exposer avec tant d'assurance votre audacieux programme, si nous ne pourrions pas arriver au but par un moyen beaucoup plus simple et aussi sûr.

— Parlez, monseigneur. Je vous écoute.

— Ce serait un peu long à vous expliquer, continua le comte, et j'ai besoin de mûrir mon projet. Trouvez-vous demain, sur le coup de sept heures, au cabaret du Lion Rouge, en face le porche du couvent des Augustins.

— En quel costume? demanda Gautier, vivement intrigué.

— En cotte de maille, avec une bonne dague au côté, et une fausse barbe grise dans votre haut-de-chausse.

Gautier ouvrait de grands yeux.

— Entendu, monseigneur, dit-il d'un air ahuri.

— J'ai l'intention de vous présenter maître Tournebu... le geôlier de la tour de Nesles.

— Vous le connaissez donc?

— C'était un de mes sergents dans les Flandres. Il sera très fier de trinquer avec son ancien capitaine et...

— Et...? demanda Gautier, haletant.

— Vous verrez vous-même ce que vous aurez à faire... N'en convoquez pas moins vos compagnons pour la soirée... Qu'ils se tiennent invisibles autour de la forteresse, la main sur leur épée, prêts à surgir au premier signal.

— C'est dit, monseigneur. A demain, sept heures, au cabaret du Lion Rouge.

— Ah ! j'oubliais... Vous me trouverez avec Tournebu, à gauche en entrant, dans un retrait fermé à hauteur d'homme par une cloison en bois. Nous pourrons ainsi causer plus à l'aise.

Là-dessus, les deux amis se séparèrent. Le comte se dirigea vers le Louvre, et Gautier vers la Cour des Miracles, où il avait à se concerter avec le grand Coësre pour le coup de main dont on venait d'arrêter les grandes lignes.

. . . . . . . . . . . . . . . .

Le lendemain, au moment où le soleil commençait à descendre derrière les côteaux de Meudon, un capitaine des gardes entrait dans la tour de Nesles.

C'était le comte de Lusignan.

La première personne qui vint à sa rencontre fut le geôlier.

A la vue de son ancien capitaine, maître Tournebu ne put cacher sa surprise :

— Vous ici, monseigneur, à pareille heure, s'écria-t-il d'un air joyeux. Je gagerais que vous venez vous assurer si tout le monde est à son poste. Eh bien ! ajouta-t-il, sans laisser au comte le temps de placer une parole, vous pouvez parcourir la tour de bas en haut et de haut en bas, je suis tranquille. Vous n'aurez que du bien à dire dans votre rapport.

Au moment même où le comte cherchait à donner une explication plausible de sa visite, voici que de lui-même, Tournebu venait de lui fournir la meilleure des raisons.

— Je sais que tu es un bon serviteur du roi, mon brave Tournebu, dit le comte en lui rappant familièrement sur l'épaule, et je serai enchanté d'avoir à faire ton éloge. Passons donc une revue sommaire, et procédons par ordre. Combien de prisonniers?

— Trois... ou plutôt quatre, dit-il, en se reprenant aussitôt, quatre seulement, mais... c'est le dessus du panier.

— En vérité? fit le comte d'un air détaché.

— Jugez vous-même, monseigneur. Au premier étage, Mgr l'évêque de Soissons. Au deuxième, le grand maître des Templiers, messire Jacques de Molay.

— Voilà, en effet, des hôtes d'importance, remarqua le comte.

— Au troisième étage, poursuivit Tournebu, le comte de Rennes.

— Bien. Et au quatrième, interrogea le comte, jouant l'indifférence.

— Ah! au quatrième..., fit Tournebu, en posant un doigt sur ses lèvres, avec un regard significatif.

— Je n'insite pas..., je comprends le secret professionnel, déclara le comte, et mieux, je mentionnerai avec quel soin scrupuleux vous obéissez aux ordres reçus.

Le geôlier s'inclina sans répondre, pendant que le comte se disait:

« Je connais maintenant la prison de la reine! »

— Si monseigneur veut bien me suivre, nous allons...

— C'est inutile. Je t'ai trouvé à ton poste et je vois d'après l'ordre qui règne ici, que tu es aussi bon geôlier que bon soldat. Te rappelles-tu Arques et Mons-en-Puelle, où nous guerroyions côte à côte?

— Si je m'en souviens, dit Tournebu, en se rengorgeant avec orgueil.

— Ah! les rudes journées... Tiens, si tu n'étais pas enchaîné ici, nous arroserions ensemble ces vieux souvenirs. Il y a, à deux pas d'ici, un cabaret où j'ai bu un petit vin d'Anjou frais et pétillant...

— Le cabaret du Lion Rouge... je le connais, interrompit Tournebu, en clignant des yeux d'un air entendu.

— Mais je ne voudrais pas te détourner de ton devoir... N'en parlons plus, fit le comte avec un soupir.

— Après tout, monseigneur, une fois n'est pas coutume, répliqua Tournebu qui se sentait fléchir, et on n'a pas toujours l'honneur de trinquer avec son ancien capitaine. Il n'est que sept heures, et pourvu que je sois ici avant le couvre-feu...

— Alors, si tu crois, que sans manquer à la consigne...

— Oui, ça peut s'arranger... Je vais prévenir le sergent de garde, et en route.

Quelques instants plus tard, le comte de Lusignan entrait, en compagnie de maître Tournebu dans le cabaret du Lion Rouge. Comme ils traversaient la salle, un homme enveloppé d'un manteau couleur de murailles, et coiffé d'un large feutre se leva sur leur passage. C'était Gautier d'Aulnay.

— Vous ici, monseigneur, s'écria-t-il, feignant l'étonnement.

— Moi-même, chevalier, avec un brave compagnon d'armes de la guerre de Flandre, maître Tournebu, gardien-chef de la tour de Nesles, que je suis heureux de vous présenter.

— Topez là, dit Gautier, en tendant la main à Tournebu, je suis ravi de faire votre connaissance.

— Trop honoré, messire, répondit le geôlier très flatté de cette présentation.

— Puisque le hasard nous réunit, mon cher chevalier, dit le comte, vous allez nous faire le plaisir de boire une rasade à la santé du roi.

— Volontiers, monseigneur.

— Par ici, je vous prie, dit le comte en guidant ses invités vers la petite salle, dont la table était encore vacante.

Aussitôt assis, le cabaretier apporta, sur l'ordre du comte, des gobelets d'étain et un pichet de vin d'Anjou.

La conversation s'engagea aussitôt vive, enjouée, familière, pleine de souvenirs de campagne.

Le comte et Gautier remplissaient tour à tour le gobelet de Tournebu, et par des santés successives l'incitaient à boire. Quand on apporta le quatrième pichet, la langue de Tournebu commençait à s'épaissir, sa tête s'alourdissait, ses yeux se voilaient. C'était le moment de porter le dernier coup.

— Holà ! cabaretier, un flacon de vin d'Espagne, commanda le comte, et du meilleur.

— Par le cochon de saint Antoine, balbutia Tournebu, trouvez pas... qu'il fait chaud, mon capitaine ?

— Mettez-vous donc à l'aise... ouvrez votre cotte... desserrez votre ceinturon... débarrassez-vous de toutes ces grosses clefs.

— Vous avez raison... mon capitaine... seulement... pour mes clefs... je peux pas les quitter... parce que... voyez-vous, cette clef-là... c'est pour le premier... celle-là pour le deuxième... l'autre pour le troisième... cette grosse-là pour le quatrième...

— A votre santé, maître Tournebu, dit Gautier, en lui présentant un verre de vin d'Espagne... Goûtez-moi ça.

D'une main tremblante, Tournebu approcha le verre de ses lèvres.

— Fameux... bredouilla-t-il. Et il vida le verre d'un trait.

— Allons ! encore une rasade, dit le comte.

— Oui... mais c'est tout... parce que faut que je m'en aille... Ah ! il fait trop chaud.

Et, dégrafant son ceinturon, Tournebu le remit au comte, en disant :

— Tenez... gardez-moi mes clefs... mon capitaine... moi, je vous connais... et puis... après tout... la dame du quatrième... je m'en moque... parce que...

Et Tournebu se mit à rire, d'un rire idiot, inextinguible.

— Pourquoi ? interrogea Gautier avec anxiété.

— Parce que... Ah !... je peux pas vous le dire... Ah ! Ah !...

Et il se remit à rire bêtement, bruyamment, ballottant sa tête en avant et en arrière, jusqu'au moment où il s'affaissa sur la table, inerte.

Le soir venait, et les lampes s'allumaient de l'autre côté du refond.

— Vite, passez cette cotte, dit le comte à Gautier, en déshabillant l'ivrogne qui ronflait déjà et n'opposait aucune résistance... Mettez son ceinturon et son bonnet, ajustez votre fausse barbe... bien... maintenant, coiffez-le de votre chapeau... étendez sur lui votre manteau... et sortons.

Le comte appela le cabaretier, le paya largement et lui dit :

— Notre ami s'est endormi... Ne le réveillez pas, nous reviendrons tout à l'heure.

Aussitôt dehors, les deux amis se hâtent vers la tour. Gautier distingue dans la lueur indécise du crépuscule des ombres qui frôlent les murs... Ses compagnons sont là. Le comte pousse la lourde porte. Personne dans la première salle. D'une pièce voisine parent des jurons et des éclats de rire.

— Prenez la lanterne et montez. Je vais m'occuper des gardes, dit le comte.

Gautier gravit ou plutôt escalade l'escalier, pendant que le comte pénètre dans la salle où des archers, assis, autour d'une table, jouent aux dés.

A la vue d'un capitaine, ils se lèvent, surpris et gênés.

— Ne vous dérangez pas, mes braves, dit le comte d'un air bon enfant. Je ne viens pas interrompre votre partie... Je veux même l'intéresser davantage.

En même temps, il jette une bourse sur la table.

— Partagez-vous ceci, dit-il, et bonne chance !

— Merci, mon capitaine ! crient les soldats à la vue des pièces sonnantes et trébuchantes... Dieu vous garde !

Tout entiers à la répartition de cette largesse inattendue, ils ne remarquent même pas le départ du comte, qui attend maintenant au pied de l'escalier.

Bientôt, des pas précipités se font entendre. Gautier apparaît... Ses jambes se dérobent sous lui... Il se soutient à peine... Il est seul.

— Comment ! seul ?... Que s'est-il passé ? interroge le comte, anxieux.

— Je suis arrivé trop tard... La reine n'est plus là.

— Ah ! je comprends maintenant le rire énigmatique de Tournebu... Que faire ?

— Le rejoindre, monseigneur, et lui arracher son secret.

— Essayons, fit le comte.

Voilà les deux amis de retour au Lion Rouge où ils retrouvent Tournebu dans la position où ils l'ont laissé.

La petite salle n'est éclairée que par un rayon de lumière qui passe au-dessus de la cloison.

D'un tour de main, Gautier ôte sa fausse barbe, son bonnet et sa cotte. Avec l'aide du comte, il soulève avec précaution les bras du dormeur et lui remet son costume. Son ceinturon avec ses clefs est posé sous sa main. Qu'il se réveille maintenant, il ne soupçonnera pas ce qui s'est passé.

Aussi, le comte et Gautier le secouent-ils de la belle manière pour le faire sortir de sa torpeur. Ils font si bien que Tournebu entr'ouvre enfin les yeux et les regarde d'un air hébété.

Le comte, feignant de continuer la conversation :

— Alors, la reine de Navarre est partie ? dit-il.

— Oui... ce matin... balbutia Tournebu d'un ton somnolent.

— Pour aller...? interrogea Gautier haletant.

— Au Louvre.

— Par où ? poursuivit le comte.

— Par le souterrain... pardi... Et puis assez causé... Bonsoir... mon capitaine. Et il retombe endormi sur la table.

Qu'il dorme maintenant tout son saoûl, peu leur importe ! Ils ont surpris son secret... En présence de l'effervescence populaire, Enguerrand a jugé prudent de mettre sa victime à l'abri d'un coup de main, et de la transférer dans une autre forteresse. Oui, mais laquelle ?

Voilà ce qu'il faut savoir au plus vite. Chaque heure écoulée est une chance de moins. Seul, le comte de Lusignan, par ses attaches avec la cour, peut découvrir les résolutions prises. Il se rendra au Louvre, séance tenante. Par le pont de la Planche à Milray, il arrivera avant le couvre-feu. Il se mêlera aux courtisans, causera avec ses amis, et, le hasard aidant, peut-être sera-t-il fixé dès ce soir... Gautier, déguisé en mendiant, attendra jusqu'à minuit, accroupi sous le porche de Saint-Germain-l'Auxerrois.

Ce plan arrêté à la sortie du Lion Rouge, les deux amis se séparent ; Gautier pour relever ses compagnons de leur faction et endosser le costume de miséreux ; le comte pour se hâter vers le Louvre.

Au moment où ce dernier vient de franchir la poterne du bord de l'eau, il voit venir à sa rencontre un gentilhomme, qu'à sa taille et à son allure il reconnaît pour le baron de Montfort, un des favoris du coadjuteur. Il semble fort affairé, et va passer sans s'arrêter, quand, obéissant à un pressentiment soudain, le comte l'interpelle au passage :

— Où courez-vous ainsi, mon cher baron ? Le feu serait-il au palais ? Par saint Denis, nous allions nous frôler sans nous toucher la main.

— Toutes mes excuses, mon cher comte, mais je quitte Paris demain à la première heure, et il me reste quelques préparatifs à faire.

— Vraiment, je joue de malheur ! moi qui comptais absolument sur vous pour courir le cerf après-demain, à Bondy.

— Je suis désolé, mais c'est impossible. Le roi vient de me confier une mission très importante.

— Tous mes compliments. Et vous serez longtemps absent ?

— Non. Cinq ou six jours au plus.

— Allons ! bon voyage, bon gîte... et le reste, dit le comte en riant.

— Mille grâces, mais ce n'est pas un voyage d'agrément.

— Alors, je vous plains.

— Et vous avez raison. Escorter une prisonnière, est-ce le rôle d'un gentilhomme ?

— Non, certes ! Et vous n'avez pas pu vous dérober ?

— L'ordre du roi était formel.

— Avez-vous au moins de bons compagnons ?

— Je me suis réservé le droit de les choisir. Les vingt cavaliers que j'emmène ont combattu sous mes ordres. Je les connais et je compte sur eux comme sur moi-même.

— En somme, repartit le comte, tout s'arrange à souhait, et avec du beau temps et de bons chemins, vous ne serez pas trop à plaindre.

— De bons chemins... Oui, pour les deux premières étapes, mais de Gisors à Andeli, la route est, paraît-il, détestable... Mais, le temps passe... A revoir.

Et, regrettant sans doute d'avoir trop parlé, le baron de Montfort rompt brusquement et s'éloigne d'un pas rapide.

Le comte sort un instant après, et se dirige vers Saint-Germain-l'Auxerrois. Dès que Gautier l'aperçoit, il vient à sa rencontre en faisant force de béquilles. En deux mots, le comte le met au courant. Andeli évoque aussitôt dans la mémoire de Gautier le nom de la formidable forteresse qui l'avoisine, le Château-Gaillard !

— Ah ! s'écrie-t-il les poings serrés, Enguerrand a bien choisi la tombe de pierre où la reine doit être ensevelie vivante ! Mais Mort-Dieu ! puisque, grâce à vous, mon noble ami, leur secret est percé à jour, j'espère arriver à temps pour leur barrer la route.

— Qu'allez-vous faire ? demanda le comte.

— Me concerter dès ce soir avec le roi des truands, et agir d'après ses conseils.

— Que Dieu vous garde et sauve la reine ! dit le comte en se découvrant.

— Merci encore, monseigneur ! Si je puis approcher la reine, elle saura comment le capitaine de Lusignan a tenu son serment. Je m'arrangerai d'ailleurs pour vous envoyer des nouvelles, sans éveiller les soupçons. Un mendiant vous attendra à la sortie de votre hôtel, et, en vous tendant la main, vous dira si j'ai gagné ou perdu la partie.

— Peut-être, hélas ! ne serai-je plus là pour apprendre votre succès.

— Que dites-vous, monseigneur ? s'écria Gautier subitement alarmé.

— Le bruit court que les infidèles songeraient à attaquer Chypre. Dans ce cas, ma place serait au milieu de ses défenseurs, et je vous dirais adieu pour toujours.

— Chassez ces tristes pensées, monseigneur, et séparons-nous l'espoir au cœur.

Au moment d'échanger la dernière poignée de main, les deux amis se sentent oppressés par une indicible émotion, un sanglot leur étreint la gorge, et ils s'éloignent sans pouvoir prononcer une parole.

Gautier a bientôt fait de parcourir les ruelles qui conduisent à la Cour des Miracles. Son premier soin est de se rendre chez le grand Coësre, qu'il trouve en conférence avec l'archi-suppôt.

En le voyant entrer en coup de vent, sombre et bouleversé, le grand Coësre, moitié apitoyé, moitié goguenard, lui dit :

— Pas de veine, hein ? mon vieux Jean-Pierre. Je sais par les fanandels qui viennent de rappliquer à la bouillante que tu as trimé pour la lune... La gonzesse est déballée...

— Oui, réplique Gautier, mais je sais maintenant où on va l'enfermer.

— Par le mec des mecs, t'as pas perdu ton temps, s'écrie le grand Coësre stupéfait.

— Et si tu veux m'aider, continue Gautier, tout n'est pas perdu.

— Allons ! babille ; je t'écoute.

— On conduit la reine au Château-Gaillard.

— Connu, fait le grand Coësre.

— Elle y sera dans trois jours.

— Bien ; après ?

— Eh bien ! si tu peux me donner trente à quarante gaillards solides et résolus, la reine ne franchira pas le pont-levis du Château-Gaillard.

Le grand Coësre se tourna vers l'archi-suppôt :

— Par les cornes de Belzébuth, ne crois-tu pas, Maclou, que nous avons son affaire ? Une de nos compagnies doit travailler en ce moment aux alentours de Château-Gaillard.

— En effet, répond Maclou, nos fanandels l'ont signalée ces jours-ci sur la lisière de la forêt d'Andeli.

— Alors, Jean-Pierre, tu n'as plus qu'à revêtir ton armure de chevalier, et à partir demain avant l'aurore. Tu cavaleras par Poissy, Meulan, Mantes et Gaillon. Le chemin est plus long, mais tu auras moins de mauvaises rencontres à craindre.

— C'est entendu. Mais comment me ferai-je accepter comme chef ?

— C'est juste... Maclou prends un parchemin et écris : « Ordre du grand Coësre de reconnaître comme chef, pour le travail qu'il commandera, le fanandel Gautier d'Aulnay, porteur du présent. » — Bien... Donne-moi la plume.

Et le roi des truands trace un gigantesque paraphe, au-dessous duquel l'archi-suppôt imprime sur une large coulée de cire verte le sceau du grand Coësre : un croisement de béquille et d'épée réunies par une couronne hérissée de pointes, avec la légende : « Qui s'y frotte s'y pique. »

Puis il remet le parchemin à Gautier en ajoutant :

— Tu trouveras demain matin un cheval attaché à notre porte. C'est une bête de choix avec laquelle tu feras le voyage à bonne allure. Cependant, s'il arrivait un accident, tu n'aurais qu'à présenter une de ces deux thunes, barrées d'un T au fanandel dont la demeure est indiquée par les signes de la confrérie, et une heure après tu auras une autre monture.

Gautier pouvait-il désirer mieux ? Après les événements qui venaient de se dérouler avec une foudroyante rapidité, après avoir passé en quelques heures par toutes les phases de l'abattement et de l'espérance, il ressentait l'émotion du marin dont la barque ballottée par la tempêté arrive en vue du port.

Sa reconnaissance envers ces deux hommes dont le dévouement, si simple et si grand, secondé par une admirable organisation corporative venait de résoudre avec une étonnante facilité des difficultés presque insurmontables, sa reconnaissance, disions-nous, fut si vive, si profonde, qu'impuissant à l'exprimer par des paroles, il se jeta au cou du grand Coësre et de l'archi-suppôt et leur donna la plus chaleureuse accolade.

— Bonne chance, lui dit le grand Coësre que l'émotion commençait à gagner, et rappelle-toi, au besoin, que tu trouveras toujours ici un asile et des amis.

. . . . . . . . . . . . . . . . . .

Le lendemain, au petit jour, Gautier trouvait à la porte de son logis, un superbe cheval sellé et harnaché. Avant de se mettre en selle, il s'assura qu'il avait bien dans sa casaque le précieux parchemin du roi des truands. Il partit ensuite, au petit trot, sur la route de Meulan.

Le lendemain, guidé par un fanandel d'Andeli, il rejoignait au bord de la forêt la bande d'écorcheurs à laquelle le grand Coësre l'avait recommandé. La réception fut d'abord très circonspecte, mais après avoir lu à tous les camarades rassemblés la lettre au grand Coësre, l'accueil se fit bien vite sympathique et cordial. Il mit aussitôt ses nouveaux compagnons au courant de ses projets, les détails de l'embuscade du carrefour des Trépassés furent discutés et arrêtés séance tenante, et les écorcheurs acceptèrent de bonne grâce de laisser à Gautier le commandement de l'expédition.

Le lecteur se rappelle ce qui advint.

## XIII

### LE MESSAGE AÉRIEN

Nous avons laissé Marguerite de Bourgogne à la sortie de la chapelle, au moment où elle regagnait sa prison, serrant dans ses bras la gerbe de cheveux blonds que le bourreau venait de couper.

Pendant les jours qui suivirent la lugubre cérémonie, son accablement fut tel, que le sire de Bellozanne commençait à se préoccuper de l'état de la prisonnière.

Elle touchait à peine à la nourriture et restait des heures entières assise à sa fenêtre, le regard perdu dans les lointains brumeux.

Une seule pensée l'obsédait et lui tenaillait le cœur ; Gautier était-il mort ?

Une fois déjà, pendant la périlleuse mission de son amant dans les Flandres, elle s'était posée cette même et angoissante question.

Mais alors, elle n'avait pas vu Gautier, comme au carrefour des Trépassés, tomber percé d'un coup d'épée ; elle n'avait pas vu le sang ruisseler de sa blessure ; elle ne l'avait pas entendu pousser ce cri suprême : « Je meurs pour toi Mar... » Oh ! ce mot inachevé, que n'eût-elle pas donné pour l'entendre une fois encore sortir de ses lèvres.

« Mais que puis-je espérer désormais ? songeait-elle. Fût-il vivant, comment pourrais-je le revoir ? Il ignore où est ma prison, et si, par miracle, il arrive à la découvrir, comment escalader ce nid de vautours ! Hélas ! il lui faudrait des ailes !... »

Et elle retombait dans un découragement d'autant plus grand, qu'elle sentait peser sur elle une surveillance exceptionnellement rigoureuse.

Elle ne descendait qu'une fois par semaine dans la cour du château, et c'était le dimanche, pour entendre la messe dans un réduit séparé du chœur par des barreaux de fer. Les autres jours, elle se promenait une heure le matin et une heure l'après-midi, dans la galerie couverte qui couronnait en encorbellement le sommet de la tour.

Personne, en dehors de dame Brigitte, ne lui adressait la parole, et seul le gouverneur venait, de temps en temps, lui faire une courte visite, pour s'assurer de la santé de la prisonnière.

Il se retirait souvent préoccupé, soit de l'éclat fébrile de ses yeux, soit de sa morne résignation.

— Comment l'hiver se passera-t-il ? se demandait-il avec une secrète inquiétude.

Il était loin de se douter que, grâce à la puissance évocatrice de l'amour, la prisonnière n'était plus seule.

Elle vivait et se soutenait par la continuelle vision du cher absent. Ses traits, assise devant l'âtre de la haute cheminée, elle les voyait apparaître dans les flammes capricieuses du foyer. Sa voix, elle croyait l'entendre dans les plaintes du vent, et cette voix lui murmurait toujours : « Espère, je reviendrai. »

Et elle espérait !

Et cette foi mystérieuse dans un avenir meilleur doublait son énergie et l'armait contre les défaillances.

Lorsque, le front appuyé contre les vitres, elle regardait la neige tomber sur les champs dénudés, ou les arbres se tordre sous l'ouragan, et se sentait peu à peu gagnée par la tristesse des choses, « je veux vivre », se répétait-elle avec énergie.

Et elle réagissait, et elle se remettait vaillamment à l'enluminure, à la broderie, à la tapisserie, qui constituaient le passe-temps favori des grandes dames de l'époque.

Aussi le sire de Bellozanne, fut-il agréablement surpris en voyant arriver la fin de l'hiver, sans que la santé de la dame de Boutavant fut sensiblement altérée.

La dame de Boutavant ! C'était ainsi qu'on avait pris l'habitude de désigner la prisonnière, car le gouverneur lui-même, aussi bien que ses gens, ignoraient son nom et son rang. On avait bien insinué que la dame de Boutavant devait être la princesse Marguerite de Bourgogne, mais c'était là un secret d'Etat si redoutable que nul ne cherchait à le pénétrer.

Si le gouverneur se montra satisfait de la venue du printemps, on se figure aisément avec quel attendrissement joyeux, une nature poétique et sentimentale comme la jeune dame de Boutavant accueillit la bonne saison.

Aux premiers rayons du soleil d'avril, elle ouvrit sa fenêtre et respira avec délices les senteurs capiteuses de la terre attiédie.

Durant des heures entières elle se plaisait à chercher du regard dans la plaine les fleurs fraîchement écloses ou les fines chevelures des arbres reverdis.

Et, par une affinité mystérieuse, l'espoir refleurissait aussi sous la poussée de la sève printanière.

« Je sens du bonheur flotter dans l'air, se disait-elle. Mais où, quand, comment arrivera-t-il ? »

Un fait, insignifiant en apparence, vint donner corps à ces pressentiments.

On était au milieu de mai. Suivant son habitude, la prisonnière admirait de sa fenêtre ouverte le cours sineux de la Seine dont le ruban de moire frissonnait au soleil. Midi venait de sonner à l'église d'Andeli, et le dernier tintement de l'Angelus mourait dans le ciel bleu, lorsque tout à coup, derrière un des buissons qui mouchetaient au loin la plaine de taches vertes, elle vit se dresser un point blanc.

Ce point oscilla à droite et à gauche et disparut.

Intriguée, elle agita d'instinct son mouchoir.

« Si c'était un signal ? » pensait-elle.

Et déjà troublée, elle attendait, dans l'espoir de voir le point blanc surgir à nouveau.

Mais rien ne reparut.

Néanmoins, elle eut continué à sonder l'horizon, si, pour la deuxième fois, dame Brigitte n'était venue la prévenir que son repas attendait.

« Allons ! je me serai trompée. C'était une

illusion ; tâchons de n'y plus penser », dit-elle en se mettant à table.

Mais, quoi qu'elle fît pour s'en défendre, le point blanc passa et repassa devant ses yeux toute la journée.

Elle le revit en rêve pendant son sommeil, et le lendemain elle attendit avec impatience le moment d'être seule pour se remettre à la fenêtre.

Un temps brumeux avait succédé au ciel clair de la veille, et elle dut s'orienter longtemps avant de retrouver derrière les vapeurs grises qui traînaient sur la plaine l'endroit où le point blanc était apparu.

La matinée se passa dans une vaine attente, et découragée, elle allait abandonner son poste d'observation, quand, au dernier coup de l'Angelus, elle vit, juste en face de sa fenêtre, un chiffon blanc sortir d'une oseraie, à deux portées de flèche de la tour.

« Cette fois, pensa-t-elle, je vais savoir si ce signal est pour moi. »

En même temps, d'une main fébrile, elle leva son mouchoir, et le corps penché en avant, les doigts crispés sur la barre d'appui, elle interrogeait l'oseraie de ses yeux démesurément agrandis.

— Si l'on répond, plus de doute : Gautier est là, concluait-elle.

A cette pensée, son cœur battait à se rompre.

Les secondes lui semblaient des siècles.

Oh ! bonheur ! le chiffon blanc réapparut.

Son émotion fut telle qu'elle faillit pousser un cri.

« Il est là, merci, mon Dieu ! murmura-t-elle en tombant à genoux.

— Qu'avez-vous, noble dame ? s'écria dame Brigitte, qui entrait à ce moment.

Et déjà elle était près de la dame de Boutavant et l'aidait à se relever.

— Ce n'est rien... un simple étourdissement... le soleil, peut-être ?

— Mais il ne s'est pas montré de la matinée, répliqua dame Brigitte.

Et, pensant aussitôt à un trouble cérébral :

— Si je prévenais le gouverneur ?

— Gardez-vous en bien. Je me sens tout à fait remise et je meurs de faim.

Et, en effet, elle mangea de si bon appétit que dame Brigitte se retira complètement rassurée.

Marguerite put alors donner un libre cours à ses pensées. Son cœur débordait d'une joie infinie.

Gautier était vivant ! Car ce signal, n'était-ce pas une façon de lui dire : « Je suis là et je veille ! »

Quel autre d'ailleurs, s'intéresserait à son sort ?

Puis, redevenant soucieuse :

« Hélas ! à quoi lui servira de connaître ma prison ? Qui sait, si, déjà, ce signal n'a pas été remarqué ? Mais aussi, essayer de communiquer avec moi, en plein jour ! à midi ! Quelle imprudence... Au fait, pourquoi deux jours de suite a-t-il choisi l'heure de l'Angelus ? Un homme comme Gautier n'agit pas au hasard. »

Et son esprit se perdait en conjectures, impuissant à imaginer une explication raisonnable.

« Ah ! j'ai trouvé, s'écria-t-elle soudain, battant des mains comme un enfant. Gautier est chevalier, il connaît les règlements de forteresses, il sait que les hommes de la garnison prennent leur repas à midi ; qu'à midi a lieu la relève des sentinelles... et qu'à ce moment une interruption de quelques minutes se produit dans tous les services. Midi et minuit, voilà donc les heures où je devrai veiller désormais, prête à seconder l'ami qui se dévoue pour moi. »

Aussi, mettant ses réflexions en pratique, le soir même, à minuit, elle était à sa fenêtre, une lampe à la main.

Aucune lumière n'ayant répondu à son appel, elle en conclut que la nuit se passerait sans nouvel incident, et ne veilla pas davantage.

On conçoit l'impatience et l'anxiété avec lesquelles, le lendemain, elle attendit l'Angelus.

Cette fois, le signal apparut au douzième coup de midi, non pas au-dessus de l'oseraie, mais derrière les roseaux d'un fossé distant de cent pas à peine du pied des remparts.

Tout en répondant avec son mouchoir : « Pourquoi donc s'est-il approché ? » se demandait-elle avec inquiétude.

Mais elle n'eut pas le temps de se livrer à de plus longues réflexions.

Un homme venait de surgir de derrière les roseaux.

Il tendit son arc dans la direction de la prisonnière... la flèche partit, traversa en sifflant la fenêtre ouverte et vint se briser contre le mur de la prison.

Le geste de l'archer avait été si rapide que Marguerite avait eu juste le temps de se jeter de côté.

La flèche avait à peine touché le sol que la prisonnière se précipitait pour la ramasser.

Elle s'aperçut aussitôt que la pointe était garnie d'un tampon solidement attaché, et elle se préparait à en examiner le contenu, lorsque des pas dans l'escalier l'avertirent de l'approche de dame Brigitte.

Elle glissa vivement la flèche entre deux matelas, et, maîtresse d'elle-même, reçut dame Brigitte de son air accoutumé.

Mais le déjeuner terminé et dame Brigitte sortie, courir à son lit, en retirer la flèche, détacher l'enveloppe du tampon, fut pour Marguerite l'affaire d'un instant. Quelle fut alors son émotion en voyant, serrée autour de la pointe, une étroite bande de parchemin qu'elle déroula de ses doigts tremblants.

Bientôt elle aperçoit des caractères tracés d'une main bien connue.

« L'écriture de Gautier ! » remarqua-t-elle aussitôt.

Alors, s'adossant contre la porte pour éviter toute surprise du dehors, elle déchiffra peu à peu ce qui suit :

« Demain, à minuit, descendez une corde au fond du fossé de la contrescarpe. Remontez-la dès que vous entendrez le cri de la chouette, et attachez l'échelle de soie à la barre d'appui. — GAUTIER. »

— Oh ! le brave cœur ! se dit Marguerite, et comme je l'aime !

Et dans son exaltation, elle couvrait de baisers la chère écriture.

Puis, elle glissa le parchemin dans son corsage.

« On ne l'aura qu'avec ma vie ! » pensa-t-elle.

## XIV

### LES DEUX RIVAUX

On peut établir en principe que toutes les filles d'Eve, fussent-elles laides ou contrefaites, ont un penchant marqué pour la coquetterie.

Amoureuse et jolie, Marguerite de Bourgogne avait une double raison pour obéir à la loi commune.

Aussi, après la lecture du message de son amant, son premier soin fut-il de se demander comment Gautier la trouverait sous ces vêtements grossiers et sans les longs cheveux qui, jadis, nimbaient d'or pâle son visage. « Je dois avoir vieilli de dix ans dans cette affreuse prison, se disait-elle. Depuis que je me suis vue la tête rasée à ma sortie de la chapelle, il y a plus de six mois, je n'ai plus voulu me regarder. J'étais si laide ! Peut-être suis-je moins mal aujourd'hui ? Le mieux est de m'en assurer. »

Elle sortit alors de son aumônière un étui de soie dont elle tira une petite plaque ovale en acier poli et la mit, non sans appréhension, devant ses yeux.

Il est probable que Marguerite fut satisfaite de son examen, car un sourire approbateur passa sur ses lèvres.

Ses cheveux, déjà repoussés, ondoyaient sur sa tête en frisons soyeux. Ils donnaient l'impression d'une grâce mutine atténuée par le charme sévère d'un profil de déesse, dont les yeux se veloutaient de tendresse caressante.

« C'est une autre Marguerite », concluait-elle, « une Marguerite aussi aimante... mais sera-t-elle aussi aimée ? Encore quelques heures, et Gautier me dira lui-même si je suis toujours la reine de son cœur et de ses pensées... Demain, il entrera par cette fenêtre... et je le recevrai dans mes bras. »

Elle se fût attardée volontiers à l'ivresse de ce rêve, si elle n'avait eu à penser aux préparatifs à faire.

La difficulté de se procurer une corde assez longue pour descendre au bas des remparts, assez forte pour remonter une échelle de près de deux cents pieds, difficulté à laquelle son esprit ne s'était pas arrêté tout d'abord, prit bientôt pour elle les proportions d'un problème insoluble et terrifiant.

Elle avait passé en revue tous les moyens qu'elle avait à sa portée et les avait rejetés tour à tour.

Couper ses draps en longues lanières et les nouer ensemble ? Il n'y fallait pas songer. Comment, en effet, exécuter ce travail le jour, — sans être surprise par dame Brigitte ou par le gouverneur en personne ? la nuit, — sans qu'une lumière dans sa chambre après le couvre-feu ne fût remarquée par les hommes de ronde ?

Même objection pour les vêtements pendus dans son armoire, pour le linge serré dans son bahut.

Risquer une pareille tentative, c'était de la folie. C'était donner l'éveil... compromettre la vie de Gautier peut-être ?... Mais alors, Gautier viendrait demain au pied de la tour... il cherchait dans les ténèbres... au risque d'être découvert... et il ne trouverait rien.

Il s'en irait, la mort dans l'âme... et ce serait fini.. pour toujours.

A cette pensée, elle se tordait les mains de désespoir.

Elle se lamentait, elle priait, mais le Ciel ne lui suggérait aucune idée.

Son cerveau épuisé lui paraissait vide... Il lui semblait qu'elle devenait idiote... Son amour, sa délivrance, tout s'anéantissait à la fois.

— C'est donc fini... gémit-elle. Mon Gautier, je ne te reverrai plus jamais!

Jamais!...

Et elle éclata en sanglots.

Quand elle eut bien pleuré, elle releva son beau visage baigné de larmes.

« Au moins, se dit-elle, il ne faut pas que Gautier doute de Marguerite... Il trouvera demain au pied de la tour un billet enveloppé du mouchoir qui me servait de signal... Non... plutôt avec mes cheveux... J'en tresserai une natte que je roulerai autour du parchemin. Mes larmes, plus heureuses que mes yeux, recevront ainsi ses baisers.

Ce triste espoir berça peu à peu sa peine et lui rendit quelque énergie.

Elle alla chercher dans son armoire un coffret de chêne, en sortit les cheveux qu'il renfermait et les étendit sur le sol.

Leur longueur ne l'avait jamais autant frappée.

Et elle ne put se défendre d'un mouvement d'orgueil.

— Ils étaient vraiment beaux! murmura-t-elle avec regret, mais qu'en ferai-je? Je ne veux plus les voir; ils n'évoqueraient que de douloureux souvenirs... Demain, à minuit, au moment où Gautier trouvera au bas des remparts la natte que je vais tresser pour lui, le reste disparaîtra dans les flammes.

Cependant, elle avait choisi les brins les plus longs, et ses doigts agiles les eurent bientôt tressés.

A peine eut-elle fini son ouvrage, qu'à la vue de cette natte régulière, mince et résistante, elle s'écria sous le coup d'une inspiration soudaine:

— Mais la corde rêvée, la corde libératrice... la voilà!

Celle-là, elle pourra la fabriquer sous les yeux du gouverneur lui-même.

Qui donc s'étonnera de la voix occupée à ce passe-temps tout naturel chez une femme coquette.

Et à la crise de désespoir de tout à l'heure succédait la joie la plus exubérante.

Le voile noir était déchiré; le bonheur apparaissait de nouveau dans une radieuse lumière.

On devine avec quelle ardeur elle se remit au travail.

Aussi, quand dame Brigitte revint, plusieurs nattes étaient déjà tressées.

Et comme cette dernière ne cachait pas sa surprise, de voir la dame de Boutavant s'adonner à cette occupation tout à fait imprévue:

— Figurez-vous que l'idée m'est venue tantôt d'utiliser ces cheveux à me faire un diadème. Je l'ai trouvée si plaisante qu'il me tarde de la voir réalisée.

— Elle est charmante, en effet, répondit Brigitte, dont la curiosité s'éveillait, et si j'osais vous offrir mes services?

— Je les accepte volontiers, dit Marguerite, souriant malicieusement à la pensée de voir dame Brigitte travailler de ses propres mains à l'évasion de la dame de Boutavant.

Grâce à ce concours inespéré, la besogne avança vite, et, le lendemain, avant le coucher du soleil, soixante-dix tresses étaient prêtes.

Le soir venu, et dame Brigitte partie, Marguerite noua les nattes l'une à l'autre, s'assura de leur solidité, et éteignit la lumière.

Bientôt le beffroi du château sonna le couvre-feu, puis dix, puis onze heures.

A ce moment, elle ouvrit sa fenêtre lentement, avec d'infinies précautions et plongea ses regards dans la nuit.

Le ciel était noir, sans lune et sans étoiles.

Un silence morne planait sur la campagne. On entendait seulement les pas du guetteur dans le chemin de ronde, au-dessus de la prison.

Un moment, ces pas semblèrent s'éloigner.

Marguerite jugea l'instant favorable et laissa glisser la corde le long de la muraille.

Elle en attacha ensuite l'extrémité à la barre d'appui et, se penchant au dehors, elle tendit l'oreille.

Au bout de quelques minutes, elle perçut le bruit d'une pierre qui roule.

Anxieuse, elle écoute les pas du guetteur.

Il continue régulièrement sa marche, sans arrêt. Il n'a rien entendu.

Enfin, minuit sonne.

Aussitôt, une plainte étouffée monte du pied de la tour.

Marguerite reconnaît tout de suite le cri lugubre de la chouelte.

C'était le signal convenu.

Alors, elle hisse la corde, doucement.

Tout à coup, elle sent une résistance ; le haut de l'échelle vient de toucher le bord de la fenêtre.

Il ne reste plus qu'à attacher solidement les deux montants de soie autour de la barre d'appui, ce qui n'est ni long ni difficile.

Après quoi, elle allume sa lampe, et la présente un instant à la fenêtre, afin d'avertir Gautier que tout est prêt.

Un second cri de la chouette prouve que Gautier a compris.

Tout marche donc à souhait.

Pleine de confiance, Marguerite vient de reposer la lumière sur la table, quand un bruit de pas se fait entendre.

Quelqu'un monte l'escalier.

Malgré son effroi, elle ne perd pas la tête, court pousser la fenêtre, coupe la corde de cheveux et la jette dans l'armoire.

Il était temps.

Au moment où elle éteignait sa lampe, une clef tournait doucement dans la serrure, et un homme entrait, une lanterne sourde à la main.

Cet homme, c'était Enguerrand de Marigny.

En le reconnaissant, Marguerite crut que la foudre tombait sur elle.

— Gageons que vous n'attendiez pas ma visite, dit Enguerrand froidement en posant sa lanterne sur la table.

— En effet... vous ici ! à pareille heure !

— Je m'explique votre surprise, mais nous avons à traiter ensemble des sujets de si haute importance que nul ne doit soupçonner notre entretien.

— Cependant, le gouverneur...

— Le gouverneur n'ignore pas que je dois m'entretenir avec vous, mais je me suis réservé de choisir mon heure, l'heure où le château sommeille et où l'on n'a pas à craindre des oreilles indiscrètes.

— Que va-t-il me dire? se demandait Marguerite, dont la curiosité était de plus en plus excitée.

Et songeant en même temps que Gautier allait se montrer d'un moment à l'autre :

— Parlez ! dit-elle avec un calme apparent.

Et indiquant à Enguerrand le fauteuil qui tournait le dos à la fenêtre :

— Je vous écoute.

« De cette façon, pensait-elle, Gautier verra sans être vu et sera prêt à me secourir, si c'est nécessaire. »

— Une fois encore, Marguerite, commença Enguerrand en s'asseyant dans le fauteuil offert par la prisonnière, votre avenir est entre mes mains. L'heure est décisive ; pesez bien mes paroles... Le roi Philippe dépérit de jour en jour ; sa face se creuse, son regard se voile, son teint jaunit, sa voix tremble, ses jambes fléchissent. Il est atteint d'un mal secret devant lequel la science reste impuissante. Ce mal, je le connais, moi : c'est l'envoûtement.

A ce moment, la silhouette noire de Gautier se profila derrière les vitres.

— Est-ce possible? interrompit Marguerite, terrifiée par cette redoutable confidence.

— Le sorcier de la forêt de Lyons ne se trompe pas. Ses envoûtements sont un arrêt de mort.

— Comment savez-vous que c'est lui?

— Nous sommes trois, maintenant, dans le secret : lui... moi... et vous !

Marguerite frissonna et jeta un coup d'œil par la fenêtre.

— J'ai peur d'avoir compris, fit-elle.

— Donc, le roi est condamné et ses jours sont comptés... Je fais acte de légitime défense. Charles de Valois, son frère, jaloux de mon influence, a juré ma perte... Pour amnistier le roi aux yeux du peuple, il me rend responsable de l'exécution des Templiers, de la falsification des monnaies, des impôts sur le clergé, de la disette qui ravage le royaume... Il m'accuse d'avoir reçu de l'argent des Flamands pour prix de ma trahison... d'avoir détourné les deniers destinés à Clément V, bref, de toutes les vilenies et de tous les crimes... Le roi s'est laissé convaincre... Je sens qu'il m'abandonne. D'un jour à l'autre, je m'attends à être arrêté, condamné... précipité du pouvoir... Eh bien ! si je tombe, je veux écraser les autres dans ma chute.

« Vos ennemis sont les miens. Voulez-vous devenir ma complice et mon alliée, Marguerite?

— Expliquez-vous..., dit Marguerite, désirant descendre au fond de la scélératesse de cet homme.

— Si vous acceptez, poursuivit-il, le gouverneur reçoit, signé de ma main, l'ordre de vous remettre à une escorte composée de mes gens... On vous conduit dans une reraite cachée à tous les yeux, où j'irai vous voir... souvent... Je fais courir partout le bruit de votre évasion... le peuple, qui avait failli se soulever pour vous délivrer, se passionne de plus en plus pour votre cause... Il incarne en vous ses haines et ses espérances, et votre popularité est telle, qu'à son prochain avènement, votre époux est obligé de vous rappeler auprès de lui... ou de renoncer à la couronne, de gré ou de force.

Il parlait. Marguerite l'écoutait avidement, subissant malgré elle le prestige de cette puissante intelligence, de cette indomptable énergie, de ce dédain superbe de tout scrupule.

Au dehors, Gautier, accoudé sur la barre d'appui, regardait et tendait l'oreille.

— Alors, conclut Enguerrand, sauvés tous deux, vous par moi et moi par vous, nous régnerons de fait... étroitement attachés l'un à l'autre.

Et comme la reine, à ces mots, baissait la tête :

— Dites, n'est-ce pas un grand et beau rêve? Eh bien, si vous le voulez, ce rêve sera la réalité de demain. Un mot... un seul mot pour me dire que vous avez oublié le passé... que vous vous rappelez seulement mon amour. Car, malgré vos injures... vos dédains... je vous adore toujours... Marguerite! Ah! laissez-moi voir mon pardon rayonner dons la douceur de vos yeux, dans le sourire de vos lèvres... qu'un baiser... un seul baiser scelle notre pacte d'alliance... et d'amour.

A ces derniers mots, il s'était levé, et penché sur Marguerite, il avait glissé un bras autour de sa taille, essayant de l'attirer vers lui.

Mais elle s'était redressée, frémissante de colère.

— Partez... partez vite... Vous en avez trop dit... le cœur me monte aux lèvres.

— Ai-je bien entendu? rugit Enguerrand... Insensée!... tu m'insultes quand je viens te sauver!... Après tout, moi aussi je suis fou!... fou de tes lèvres!... de ta chair! de tes caresses!... Mais aujourd'hui, ma belle... nous ne sommes plus à Maubuisson... Au moindre cri, je te bâillonne... Tu m'appartiens... entends-tu!... Ton Gautier ne viendra pas te délivrer... Allons, Marguerite... il est temps encore... rends-toi de bonne grâce... viens dans mes bras.

Et il s'avançait vers elle pour la saisir.

— Gautier, à moi!

— Gautier est mort! tais-toi donc, malheureuse!

Et déjà il appuyait la main sur sa bouche, quand la fenêtre s'ouvre brusquement.

— Me voilà! crie Gautier.

D'un bond il est auprès de Marguerite, et la presse dans ses bras.

— Enfer et damnation! vocifère Enguerrand! cet homme est le démon!

— Enguerrand, recommande ton âme à Dieu, si tu en as une, car aussi vrai que je m'appelle Gautier d'Aulnay, tu vas mourir!

Les deux rivaux ont tiré leur poignard.

Pendant que Gautier soutient Marguerite jusqu'au fauteuil où elle tombe à moitié évanouie, Enguerrand se précipite vers la fenêtre et, du tranchant de sa lame, coupe les attaches de l'échelle de soie.

— Maintenant, tu me m'échapperas plus, bandit! Je ne te tuerai pas, moi! je te garde pour le bourreau.

En même temps, il cherche à gagner la porte, mais Gautier lui a barré la route.

— Tu ne sortiras pas d'ici. Je suis le justicier de la femme que tu tortures, du peuple que tu affames, du roi que tu as envoûté. Je te condamne à mort. A toi !... au cœur !

Et, se ruant sur Enguerrand qui semble préoccupé seulement de protéger sa tête, il le frappe en pleine poitrine.

Mais il avait compté sans la cotte d'acier dont Enguerrand était toujours revêtu.

— Malédiction ! s'écrie-t-il.

La lame de son poignard vient de se casser net près de la garde.

De rage, il jette la poignée à terre.

— A mon tour, ricane Enguerrand.

Et, levant son poignard sur Gautier, qui, sans arme, ne peut plus songer à disputer le passage, il ouvre la porte.

— A tout à l'heure, dit-il, et on entend la clef grincer dans la serrure.

Marguerite, à la vue de Gautier sain et sauf, avait repris rapidement ses esprits.

Tous deux se rendent compte de la gravité de la situation.

Ils sont enfermés à double tour, et l'échelle a disparu. La fuite est impossible.

Dans quelques instants, Enguerrand reviendra, Gautier sera arrêté, et Marguerite le voit déjà livré aux horreurs de la torture.

— Que faire ?

Obéissant à une inspiration soudaine, elle attache bout à bout ses draps et ses couvertures et les suspend à la fenêtre. Gautier, croira-t-on, aura préféré risquer cette chute dans le vide plutôt que de tomber vivant dans les mains de son implacable ennemi.

Ensuite, elle pousse Gautier dans son armoire et le cache derrière ses vêtements. Pendant qu'on le cherchera dans les fossés, ils aviseront ensemble à un moyen d'évasion.

Et puis, il n'y a pas à hésiter.

C'était la seule combinaison possible et le temps presse.

En effet, la porte de l'armoire est à peine refermée, que le gouverneur, précédé d'Enguerrand, entre avec des gardes et des lanterniers.

Marguerite, affalée devant la fenêtre, paraît en proie à un violent désespoir.

Les draps attachés à la fenêtre frappent immédiatement le sire de Bellozanne.

— Nous arrivons trop tard, dit-il au coadjuteur, Gautier s'est enfui par là.

— C'est impossible ! réplique vivement Enguerrand, ces draps sont beaucoup trop courts. Il a dû se rompre les os. Je doute qu'il ait fait une pareille tentative.

— Il est facile de s'en assurer.

« Des hommes dans les fossés avec des lanternes ! commande le gouverneur. Vous nous crierez d'en bas le résultat de vos recherches. »

Comme, après le départ des hommes, Enguerrand insistait sur le peu de probabilités d'une chute volontaire dans ce gouffre noir, et persistait à croire que Gautier se cachait dans cette pièce :

— Qu'on fouille partout ! ordonne le gouverneur... sous les matelas... dans la cheminée... dans les meubles.

Pendant qu'on se livrait à ces recherches, un appel se fit entendre du dehors.

— Eh bien ? cria le gouverneur en se penchant à la fenêtre.

— Rien ! répondit-on.

— Que vous disais-je ? Il est ici, insiste le coadjuteur.

— Cependant, vous le voyez, messire, on ne trouve rien. Il ne reste plus que cette armoire.

— Eh bien ! ouvrez-la.

— Noble dame, veuillez me remettre la clef, demande le sire de Bellozanne, s'apercevant qu'elle n'est pas sur la serrure.

— Cette armoire ne contient que mes vêtements, balbutie Marguerite d'une voix étranglée.

— Nous verrons bien... la clef, je vous prie.

Marguerite cherche dans ses poches, dans son aumônière, dans son coffret.

— Eh bien ! interroge sèchement le coadjuteur, à bout de patience.

— Je ne la trouve pas. Si l'on faisait venir dame Brigitte, peut-être saurait-elle.

— Assez d'histoires !... Forcez la serrure, ordonne Enguerrand.

Un des hommes sort et revient bientôt avec les outils nécessaires.

Un instant après, la serrure est brisée et la porte s'ouvre.

Marguerite, livide, claquant des dents, fixe l'armoire avec épouvante.

Elle sent que tout est fini.

Les portes ouvertes, le gouverneur et le coadjuteur écartent eux-mêmes les vêtements, mais ils se regardent muets de stupéfaction...

L'armoire est vide...

## XV

### LE SOUTERRAIN

Aussitôt la porte de l'armoire refermée sur lui, le premier souci de Gautier avait été de chercher une position assez commode pour attendre, sans bouger, que Marguerite pût venir le délivrer.

Respirant à peine derrière les vêtements dont l'armoire était encombrée, il s'ingéniait à se dégager, lorsqu'il sentit sur un des montants du fond un gros clou céder, comme un ressort, sous la pression de sa main.

Quelle ne fut pas son émotion quand, sous une poussée plus forte, le clou s'enfonçant dans la boiserie, une porte secrète s'ouvrit en tournant sur ses gonds.

Tout d'abord, Gautier se demanda s'il n'était pas le jouet d'un rêve ; mais le souvenir de plusieurs passages semblables, pratiqués dans l'épaisseur des murs, lui revint à la mémoire et lui rendit tout son sang-froid. Il ne s'agissait plus que de mettre à exécution ce moyen de salut inespéré.

Daus le trou noir, d'où montait un air humide et raréfié, son pied avancé prudemment rencontra l'angle d'une marche dont il put mesurer la longueur.

Plus de doute. C'était un escalier, juste assez large pour une personne.

A ce moment, un grand bruit se fit dans la prison.

Enguerrand venait d'y rentrer avec le gouverneur et ses gardes. Gautier put, à la faveur de ce bruit, refermer la porte secrète, et s'assurer par le jeu du ressort extérieur, qu'elle était hermétiquement close.

Alors, les mains appuyées contre les murs, tâtant chaque marche du pied, il commença, en aveugle, sa lente et périlleuse descente dans la nuit.

A la deux cent soixante et unième marche, l'escalier s'arrêta.

Le fugitif se crut d'abord muré dans une basse-fosse ; mais, à force de tâtonner, il découvrit à la hauteur du genou une ouverture suffisante pour lui livrer passage.

Cette ouverture, dont on ne pouvait sortir qu'en rampant, donnait accès dans un endroit où l'air pur et plus vif semblait indiquer la proximité d'une sortie.

Aussitôt debout, Gautier, ne percevant aucun bruit, se risqua à tirer sa pierre à feu et à battre le briquet.

La lueur des étincelles lui permit de distinguer vaguement une galerie creusée dans le roc, dont la voûte était supportée par une double rangée de piliers.

C'était à la base du dernier de ces piliers qu'on avait creusé l'étroit passage qu'il venait de traverser.

A cet endroit, l'espace entre le mur et le pilier était si resserré qu'un homme pouvait s'y glisser à grand'peine, et le trou était si bien dissimulé dans ce sombre réduit que nul ne pouvait en soupçonner l'existence.

Cet escalier dérobé, construit par Richard Cœur de Lion, devait être, selon toute vraisemblance, ignoré des maîtres actuels du Château-Gaillard.

Comment, en effet, les Anglais, vaincus au dernier siège par la famine et non par les armes, auraient-ils divulgué à des ennemis sans pitié le passage qui conduisait au cœur de la place et permettait de tenter, avec des chances de succès, un audacieux coup de main ? Tout en faisant ces réflexions et en supputant pour son compte personnel le parti à tirer d'une pareille découverte, Gautier s'était mis à explorer les murailles, lorsque ses mains tombant dans le vide, lui indiquèrent l'ouverture d'une étroite galerie dans laquelle il s'aventura.

Bientôt son pied heurta une marche. Le briquet, battu de nouveau lui révéla un escalier tortueux et raide.

A tout hasard, il commença à le gravir, lorsqu'un murmure de voix le cloua sur place.

On parlait au-dessus de sa tête.

Le bruit était trop confus et trop éloigné pour permettre à Gautier de distinguer les paroles.

Néanmoins, une de ces voix ne lui était pas inconnue.

Résolu à éclaircir ce mystère, il reprit à tâtons son ascension.

Soudain, à un tournant, il arriva si près de la lumière qu'il faillit heurter la porte sous laquelle elle passait.

— En somme, vos recherches n'ont amené aucun résultat, disait une voix que Gautier reconnut tout de suite pour celle d'Enguerrand.

— Aucune, messire, répondit le gouverneur.

— Il nous aurait donc échappé ?

— Oui et non. Pour moi, il a dû se laisser choir dans le fossé de la contrescarpe, mais il n'a pu faire une telle chute sans se casser les reins, et ses compagnons n'ont emporté qu'un mort ou un moribond. D'ailleurs, si tout à l'heure, au petit jour, vous voulez bien m'accompagner, messire, nous irons en personne relever sur place les vestiges intéressants, pendant qu'une battue générale sera faite aux environs.

— Soit, répondit Enguerrand.

Puis, après un silence, il ajouta avec un soupir de regret :

— C'est dommage. Cette mort est trop douce. De tels criminels devraient expier dans la torture.

A ces paroles, le fugitif eut la vision des horribles supplices auxquels il était en train d'échapper, et la pierre sur laquelle il était agenouillé lui semblait, comparativement, un lit de roses.

« Quel excellent ami, pensait-il, et qu'il me tarde d'être hors d'ici pour lui prouver ma reconnaissance. »

Cependant, le coadjuteur et le gouverneur s'étaient séparés. La lumière avait disparu et tout était retombé dans le silence. Gautier, de cette conversation surprise d'une façon extraordinaire, avait retenu deux points principaux :

1° Il était considéré comme mort ;

2° On allait fouiller les environs du château pour retrouver ses traces et celles de ses compagnons.

Il s'agissait de prendre les devants et d'être à l'abri des poursuites avant le lever du soleil.

Or, la nuit s'avançait, le jour allait paraître. Chaque minute écoulée était une chance de moins

Maintenant, Gautier sondait le mur avec fièvre... il ne trouvait pas d'issue.

Enfin, voici un vide dans la muraille.

Au bout de quelques pas, il constate qu'il est dans un souterrain plus large et plus haut que le passage dont il vient de sortir.

Dans sa pensée, ce doit être un chemin de ravitaillement communiquant avec l'extérieur.

Il reprend courage et marche... marche toujours...

A la longue, une inquiétude le saisit.

Si c'était un passage circulaire reliant les dix-sept tours du château ? S'il allait être ramené à son point de départ ?...

Plus il va, plus cette pensée devient angoissante..

Une sueur froide perle sur son front... le désespoir le gagne... ses jambes le soutiennent à peine...

Soudain, droit devant lui, un point bleuâtre perce l'obscurité.

Gautier continue sa marche chancelante...

Le point grossit, s'élargit, devient plus lumineux.

Enfin... le doute n'est plus possible : c'est le jour qui pointe à l'extrémité du souterrain.

« Je suis sauvé ! », pensa tout d'abord le fugitif ranimé par l'espérance.

Mais, se rappelant aussitôt la battue annoncée par le gouverneur.

« Si les issues étaient gardées ? Si j'allais arriver trop tard ? Avoir tant lutté, avoir échappé par miracle aux griffes d'Enguerrand pour être pris dans une souricière ! »

Et déjà, dans les vagues clartés du jour naissant, il pressait le pas ; il courait presque, quand une silhouette sombre se profile à l'entrée du souterrain comme sur un transparent lumineux.

Gautier se jette vivement de côté et s'efface contre le roc.

La silhouette se penche un instant dans la direction du souterrain et disparaît.

Le fugitif reprend sa route, rasant les murs.

Enfin le voilà à l'ouverture du souterrain.

Avec quelle joie sa poitrine se dilate à l'air frais du matin.

Des rocs énormes se dressent devant lui.

Il les contourne d'un pas rapide, et brusquement découvre au bas du coteau, à deux portées de flèche, une large écharpe de gaze qui se déroule, légère, frissonnante et grise à travers les prés verts.

C'est la Seine qui passe, voilée de brumes matinales.

Là-bas, sous les saules, une barque gardée par deux solides compagnons attend le fugitif.

Gautier jette un regard rapide autour de lui.

Deux archers, non loin de là, scrutent les cavités des rocs.

Gautier s'élance et descend en courant vers le fleuve.

Il a été vu... Une flèche siffle à ses oreilles. une autre lui perce le bras.

L'alarme est donnée.

De nombreux soldats accourent.

Mais Gautier a rejoint la rive et saute dans la barque où ses compagnons font force de rames.

Au moment où les soldats arrivent au bord de l'eau, il a déjà débarqué sur l'autre rive.

Il est sauvé!

## XVI

### LE SORCIER DE LA FORÊT DE LYONS

Quelques jours à peine se sont écoulés depuis les événements que nous venons de raconter.

Il est dix heures du soir.

La nuit est douce et sereine, le ciel sans nuages, et la lune monte dans un scintillement d'étoiles.

La forêt de Lyons sommeille dans une paix mystérieuse et profonde.

Sur la route de Rouen, un cavalier enveloppé d'un long manteau noir passe au galop entre les murs frissonnants des hautes frondaisons. Après avoir dépassé le manoir de Bellozanne, il arrête son cheval et, tournant à droite, s'engage dans un sentier étroit et tortueux. A la sûreté avec laquelle il s'oriente à travers les fourrés épais, où la lune ne laisse filtrer que de minces filet de lumière, on devine que la forêt lui est connue jusqu'en ses moindres recoins.

C'est qu'en effet il est né et a passé sa jeunesse au milieu de ces grands bois, près du donjon de Lyons, dont ses ancêtres gardaient les portes lors des résidences royales.

D'où le nom de Le Portier, octroyé par le roi Philippe-Auguste et ajouté au nom du domaine de Marigny, à titre d'anoblissement.

Que vient donc faire, seul dans cette forêt, à pareille heure, le descendant de cette noble lignée de serviteurs fidèles au roi, le coadjuteur Enguerrand de Marigny?

L'écume dont son cheval est couvert permet de supposer qu'il vient de fournir une longue traite à une rude allure et que s'il se trouve en ce moment dans les bois familiers qu'il a parcourus jadis en tous sens, à la poursuite du cerf ou du sanglier, ce n'est pas pour évoquer dans une rêverie solitaire les souvenirs joyeux de sa jeunesse.

D'autres soucis tenaillent sa pensée. La meute de ses ennemis le presse chaque jour davantage ; il entend leurs aboiements féroces et sent près de lui leur haleine ardente à la curée ! Il est temps de leur faire tête et de jeter le désarroi dans leurs rangs en éventrant d'abord celui qui va l'atteindre.

Et celui-là, c'est son ancien complice, c'est son maître, c'est le roi.

C'est contre sa trahison qu'il vient chercher, en cette nuit radieuse et sereine, l'arme terrible qui tue sans merci.

Il marche..., il marche longtemps.

Enfin, le voilà dans une clairière dont le sol disparaît sous un enlacement inextricable de ronces et d'épines.

Au fond, une masure basse, à l'aspect misérable et sinistre, dont les auvents sont fermés.

On pourrait la croire abandonnée, si une fumée rougeâtre qui sort en tournoyant de l'unique cheminée n'attestait la résidence d'un être vivant.

Sur le toit moussu, un vieux chêne mort, décapité par la foudre, étend ses grands bras de squelette blanchis par la lune.

Enguerrand attache son cheval à un anneau de fer scellé dans le mur et frappe deux fois trois coups à la porte.

Un homme, une chandelle de cire jaune à la main, vient ouvrir.

C'était un vieillard de taille moyenne, au visage osseux et parcheminé. De longs cheveux blancs tombent en broussailles sur ses épaules. Sous d'épais sourcils luisent de petits yeux vifs à reflets d'acier. Un nez fortement busqué et des lèvres minces achèvent de donner à sa physionomie un air grave et dur, intelligent et cruel.

Il est vêtu d'une longue robe noire, semée de croissants et d'étoiles d'or.

— Entrez, messire, dit-il du ton le plus naturel, je vous attendais.

— Moi ! fit le cavalier, étonné.

— Vous-même. Il y a une heure, j'ai vu votre image dans les vapeurs bleues de l'asphodèle.

— Ah ! et les vapeurs de l'asphodèle vous ont-elles appris, Guabaret, pourquoi je viens ce soir ?

— Je n'ai pas besoin de consulter la chaudière de Belphégor. Entrez dans mon laboratoire, je vais vous le dire.

En même temps, le vieillard soulève une portière de peaux d'hyènes et s'efface pour laisser passer son auguste visiteur.

Enguerrand se retrouve dans la pièce où il était entré un mois auparavant pour la première fois.

Il reconnaît le fourneau chargé de cornues et d'alambics, le coffret rempli de métaux précieux, l'armoire aux plantes magiques, la table sur laquelle errent, ouverts, les livres de la Kabbale écrits en langue arabe, hébraïque et syriaque, les têtes d'âne et les cornes de taureau accrochées aux murs, entre des formules d'incantation, écrites avec du sang d'enfant nouveau-né, sur des écorces de bois de santal.

Des hirondelles volent, frôlant le plafond...

Des grenouilles et des crapauds sautent sur le sol...

Un hibou, perché dans un coin, pensif, regarde de ses yeux d'or fauve.

— Eh bien ! vous êtes ici, messire, dit le sorcier, ponctuant ses mots, parce que les événements ne marchent pas aussi vite que vous le désirez.

— Oui, répond Enguerrand d'une voix

sourde. L'orage gronde sur ma tête : je veux en finir.

— Comment va le roi?

— Mieux depuis deux jours... Quelqu'un ayant parlé d'envoûtement, un moine a fait manger au roi un cœur d'agneau assaisonné de sauge et de verveine.

— Par Ariel et Damalech ! s'écria le sorcier, tout est à recommencer.

— Je le craignais... Aussi ai-je apporté ce qui manquait à notre première conjuration. Tenez, ajoute-t-il, voici d'abord un flacon d'huile baptismale.

Puis, sortant de sa poitrine une petite boîte ronde très plate :

— Et voici une hostie consacrée.

— A la bonne heure ! fit Guabaret avec un rictus diabolique, mais êtes-vous sûr qu'elle soit consacrée ?

— Je l'ai prise moi-même ce matin dans le ciboire de l'archevêque de Sens..., mon frère, comme vous le savez.

— On ne saurait demander mieux. Avec de pareilles substances, on peut conjurer les esprits contraires. Voilà minuit, continue Guabaret en regardant le sablier, c'est l'heure de la conjuration de la lune.

Et, sans paraître s'apercevoir de la présence du coadjuteur, dont la curiosité était doublée d'une sorte de terreur superstitieuse, le sorcier commence la cérémonie.

Au centre de la pièce, il jette sur le sol, dans un cercle de fer, des charbons ardents sur lesquels il place un trépied en forme de pyramide.

Sur ce trépied est assujettie une cassolette de bronze, ornée de figures symboliques, dans laquelle Guabaret dépose successivement, avec des gestes solennels et accompagnés de mots magiques, une tête de grenouille, des yeux de taureaux, le sang d'une oie, quelques fleurs de pavot blanc et une pincée d'encens mâle.

Bientôt, une fumée âcre et nauséabonde monte en spirales épaisses.

A ce moment, les lumières s'éteignent, un voile noir glisse au milieu du plafond et la lune, apparaissant tout à coup, enveloppe de ses rayons pâles le vieux sorcier et son autel pyromancien.

Le spectacle est vraiment étrange et saisissant.

Immobile, la tête rejetée en arrière, les bras levés au ciel, le vieillard prononce d'une voix lente et grave les mots cabalistiques, invoquant tour à tour Ariel, le génie du monde sublunaire ; les princes Damalech, Taynor et Sayanon ; les esprits secondaires, Torquaret et Rabianica ; Nanaël, le génie des sciences divines ; Jérathel, le génie des sciences terrestres.

Il termine par un appel énergique à Mikaël, le génie qui préside à la politique.

Cependant, les substances rituelles s'étaient entièrement calcinées.

La conjuration de la lune est finie.

Guabaret fait glisser de nouveau le rideau noir sur l'ouverture du plafond, et la pièce retombe dans l'obscurité.

— Avez-vous remarqué, messire, dit le sorcier au coadjuteur en rallumant les flambeaux, que l'astre sacré ne nous a pas dérobé un instant sa lumière ? Son influence nous est acquise, et nous allons la mettre à profit en procédant, séance tenante, à un nouvel envoûtement.

— Je m'en remets à vous, déclare simplement le coadjuteur. Ne perdons pas un instant.

Guabaret prend aussitôt un creuset d'airain, dans lequel il verse de la cire vierge liquide.

— Vous voyez, messire, fait-il remarquer au coadjuteur, j'ajoute cette fois l'huile baptismale, l'hostie consacrée, les cendres restées dans la cassolette et j'amalgame le tout en pâte homogène. Maintenant, vous vous le rappelez, je pétris cette pâte et je lui donne les traits de... votre victime.

Pendant que Guabaret parle, la cire se transforme sous ses doigts habiles en une figurine d'une ressemblance frappante avec le roi.

— Qu'en pensez-vous, messire? demande le sorcier.

— C'est bien lui !... répond le coadjuteur, dardant sur la statuette des yeux chargés de haine, votre talent de sculpteur tient de la magie !...

— Il ne reste plus maintenant, poursuit le vieillard, sans se soucier du compliment de son interlocuteur, qu'à donner à cet envoûtement son maximum de puissance.

— Qu'allez-vous faire?

— Je vais inoculer à cette figurine la vitesse des oiseaux les plus rapides.

Aussitôt, Guabaret saisit une hirondelle, lui fend le ventre, en sort le foie et le cœur et les place tout chauds et palpitants encore, le cœur sous l'aisselle gauche, le foie sous l'aisselle droite de la statuette.

Puis il étend les mains, fait une dernière invocation aux esprits des ténèbres, et, se tournant vers Enguerrand, il lui présente une aiguille neuve :

— Choisissez la place, messire, et frappez vous-même.

Enguerrand saisit l'aiguille, la promène froidement sur la poitrine du roi et l'arrête à l'endroit du cœur.

Mais, soudain, il tressaille et devient blême.

Une terrifiante apparition vient de surgir entre lui et sa victime.

Il voit passer sous ses yeux toutes les étapes de sa vie depuis l'époque où le roi l'avait nommé pannetier de la reine, jusqu'au jour où ce même roi avait fait de lui le second du royaume. Et c'est son bienfaiteur, l'auteur de cette prodigieuse fortune, qu'il va frapper là..., lâchement..., dans ce repaire maudit, et avec quel complice? — un suppôt de l'enfer, voué aux flammes du bûcher !

Et sa main tremblante s'abaisse...

— Eh bien ! messire? interroge Guabaret, devinant la bataille qui se livre sous ce crâne.

A cette voix, comme mue par un brusque déclic, la scène change pour Enguerrand.

Maintenant, ses ennemis, Charles de Valois en tête, sont là, conspirant contre lui dans l'ombre, échafaudant leurs accusations, ameutant le peuple, glissant la calomnie dans l'oreille du roi... et le roi les écoute ! Oublieux des services rendus, il ne résiste plus ; il va signer la disgrâce de son premier ministre, son arrestation, son supplice..., peut-être. Et les courtisans, flairant une chute prochaine, passent devant lui, hautains et dédaigneux, l'insulte aux lèvres. Et ces humiliations suprêmes, n'est-ce pas le roi qui les a permises, encouragées par sa faiblesse, sa lâcheté, son ingratitude?... Le vrai coupable, c'est lui!

— Au moins, il n'assistera pas à l'achèvement de son œuvre criminelle... Qu'il meure!... et de ma main.

... Tel est le verdict que le coadjuteur vient de prononcer dans sa pensée.

Et, pris d'un vertige de fureur et de haine, il saisit la statuette, appuie l'aiguille sur le cœur et l'enfonce avec une telle violence qu'elle transperce la poitrine de part en part.

— C'est fini, murmure-t-il d'une voix rauque.

Et il passe la main sur son front, que glace une sueur froide.

— Rappelez-vous, messire, dit froidement Guabaret, en regardant le sablier, que vous avez frappé à deux heures du matin.

— Je m'en souviendrai, surtout si...

Enguerrand s'arrête, n'osant pas achever tout haut sa pensée.

— Maintenant, je vous avais donné à choisir entre l'or et le bûcher. Vous avez préféré l'or : le voici!

— Merci, messire, qu'Ariel vous récompense, répondit Guabaret, en serrant dans ses doigts crochus la bourse que le coadjuteur venait de jeter sur la table.

— Surtout, que la figurine disparaisse, dès que vous saurez qu'elle n'est plus nécessaire, recommande Enguerrand en s'enveloppant dans son manteau.

— Comptez sur moi comme sur vous-même, messire. N'y va-t-il de ma vie comme de la vôtre?

Et voyant le coadjuteur se diriger vers la porte :

— Permettez, messire, que je vous accompagne jusqu'à l'entrée du sentier?

— Soit, mais pas plus loin.

Aussitôt dehors, le coadjuteur détache son cheval et se met en selle.

— Au revoir, dit-il à Guabaret. Rentrez chez vous. Il n'est pas bon de laisser votre maison seule.

— Rassurez-vous, messire ; le seuil de nos demeures est maudit. Personne n'ose le franchir.

Guabaret venait de rentrer chez lui et refermait la porte, quand une brusque poussée le rejette, chancelant, en arrière. Deux hommes se précipitent sur lui ; en un instant, il est renversé, bâillonné, garrotté.

Les agresseurs ouvrent la portière et pénètrent dans le laboratoire.

A la lueur du flambeau qui brûlait encore, Guabaret s'aperçoit qu'ils sont masqués.

Il les voit chercher, puis s'arrêter devant la figurine.

— Le crime est consommé, dit l'un, et en voici la preuve, ajoute-t-il en montrant l'aiguille. A nous deux, maintenant..., messire Enguerrand..., car nous connaissons ton complice, sorcier de l'enfer!

En prononçant ces derniers mots, l'homme s'était tourné vers Guabaret, qui le regardait, les yeux dilatés par l'épouvante, prendre la statuette et l'enfermer avec soin dans un coffret dont il enleva la clef et qu'il serra sous son bras.

— Partons, dit-il à son compagnon.

Au moment où ils passaient près du sorcier, un des hommes, pris de pitié à la vue de cette loque humaine qui grelottait de peur sous ses oripeaux magiques, s'arrête un instant, coupe les cordes qui serraient les poignets et enlève le tampon qui le bâillonnait.

— Quant à tes pieds, tu les délieras toi-même..., mais sans te presser. Tu m'as compris ?...

— Oui, gémit Guabaret d'une voix éteinte.

Et longtemps après le départ des deux hommes, il resta étendu dans une immobilité complète, les yeux fermés, de peur de revoir encore la terrible scène à laquelle il venait d'assister.

. . . . . . . . . . . . . . . . . . . .

Quand, vers neuf heures du matin, le coadjuteur rentra dans Paris, toutes les cloches tintaient le glas funèbre.

Le roi Philippe le Bel était mort subitement... à deux heures du matin.

## XVII

### SUPRÊME EFFORT

Quelques jours après la mort du roi son père, le dauphin avait été, selon l'usage, solennellement sacré dans la cathédrale de Reims sous le nom de Louis X.

Malgré le génie inventif du surintendant, qui avait fait merveille en cette occasion, dans l'espoir de ressaisir son influence sur le nouveau roi en flattant son orgueil par la pompe exceptionnelle des cérémonies, un voile de tristesse avait assombri l'éclat des fêtes du couronnement.

La pensée de la royale captive était présente à tous les esprits, et, dans le fastueux cortège de la cathédrale, tout le monde avait regretté de ne pas voir à côté du roi celle qui l'eût enveloppé dans le rayonnement triomphant de sa grâce et de sa beauté.

Louis X avait senti jusque dans les hommages et les flatteries des courtisans ce que sa situation avait d'humiliant pour le prestige de la couronne de France.

Violent, orgueilleux, sans scrupules, habitué, comme tous les rois d'alors, aux caprices de l'arbitraire, l'idée de supprimer la femme qui n'était pour lui qu'une gêne et une honte ne devait pas tarder à germer et à s'implanter dans son esprit.

De là à l'exécution..., il n'y avait qu'un ordre à donner.

Gautier d'Aulnay n'avait pas manqué de supputer ces réflexions, et, en homme avisé et résolu, il devait s'efforcer de prendre le pas sur les événements.

Ne voyait-il pas se profiler dans l'ombre le masque haineux et menaçant d'Enguerrand de Marigny, toujours acharné à sa poursuite et cherchant à étayer son influence chancelante sur les cadavres de la reine de Navarre et de son amant, qu'il songeait à jeter aux pieds du roi comme don de joyeux avènement ?

Il importait donc d'agir au plus vite en mettant à profit le répit forcé des fêtes du couronnement et de la prise de possession du pouvoir.

Malheureusement, Gautier souffrait encore de la blessure qu'il avait reçue lors de la fuite du Château-Gaillard et la difficulté qu'il éprouvait à se servir de son bras le condamnait momentanément à l'inaction.

Il ne voulait, en effet, laisser à personne la gloire et les périls de l'entreprise dont il

étant venu à Paris soumettre les plans au grand Coësre lui-même.

Le projet devait être d'une certaine importance, car il ne fallut pas moins de trois longues entrevues avec le roi des truands pour en arrêter l'exécution.

Le plan pouvait se résumer ainsi :

Pendant que Gautier s'emploierait à délivrer la prisonnière du Château-Gaillard, le grand Coësre ferait remettre secrètement à Charles de Valois certain coffret dont le contenu devait éclairer d'une lumière tragique la fin mystérieuse du roi Philippe et devenir en même temps contre le surintendant une pièce à conviction écrasante, dès que le sorcier de la forêt de Lyons aurait livré dans la torture le nom de son instigateur et de son complice.

Pour assurer, en ce qui le concernait, la réussite de son complot, Gautier n'avait besoin que de quelques hommes, mais il les fallait vigoureux et prudents, braves jusqu'à la folie, dévoués jusqu'à la mort.

Ces soldats d'élite, le jeune capitaine d'écorcheurs ne les avait-il pas sous la main? Ses aventures, sa bravoure, son caractère chevaleresque et généreux, sa supériorité dans toutes les armes lui avaient acquis sur ses compagnons un ascendant extraordinaire.

Dès qu'il se fut assuré par plusieurs passes d'armes avec les plus forts bretteurs de sa bande que son bras avait retrouvé son ancienne vigueur, Gautier prit à part son lieutenant et chacun des vingt camarades qu'il avait choisis et leur fit jurer de ne révéler à âme qui vive le secret de l'expédition à laquelle ils allaient prendre part.

Puis, il leur donna rendez-vous à l'île d'Andeli, le lendemain à huit heures du soir.

Ils devaient s'y rendre par groupes de quatre et débarquer à des points différents désignés à l'avance, où ils resteraient cachés dans les broussailles jusqu'au tintement du couvre-feu.

A ce moment, un air de chalumeau champêtre leur indiquerait le lieu du rassemblement.

Ces ordres furent exécutés avec une admirable précision.

Les derniers sons du beffroi d'Andeli s'étaient à peine fondus dans l'espace, que les notes frêles et tendres d'une flûte rustique montaient du milieu de l'île dans la paix silencieuse du soir.

Aussitôt, à la pâle clarté des étoiles, on eût pu voir des ombres surgir de points opposés et se diriger presque en rampant vers le mystérieux musicien.

Quelques instants plus tard, Gautier faisait à voix basse l'appel de ses compagnons et constatait que sa petite troupe était au complet. Alors, pour la première fois, il leur confia l'objet du complot.

Il s'agissait de pénétrer à sa suite dans les souterrains du Château-Gaillard et d'en garder les issues, pendant que, seul, il irait délivrer la prisonnière de la tour de Boutavant.

— Cette prisonnière, ajouta-t-il, n'est autre — il est temps de vous révéler ce secret d'Etat — que la femme du nouveau roi, la jeune et malheureuse reine de Navarre, la victime des machinations d'Enguerrand de Marigny..., cet affameur du peuple, cet assassin, encore ignoré, du roi Philippe.

A ces mots, ces hommes rudes, au cœur

de bronze, à la cruauté proverbiale, se sentirent secoués par un frémissement de colère et d'indignation.

— A nous, mes amis, poursuivit Gautier, à nous l'honneur de venger la reine ! A nous de soulever la foule en sa faveur et d'en faire la reine du bon peuple de France. Ce jour-là, ceux qui auront été au péril seront à l'honneur, et la reine se souviendra des serviteurs hardis et dévoués auxquels elle devra sa liberté et sa couronne. Maintenant, regagnez vos barques, ramez sans bruit et, aussitôt sur le rivage, dispersez-vous, pour me rejoindre ensuite derrière le roc des Vautours, où je vous attendrai.

Un murmure approbateur souligna la chaleureuse allocution du capitaine, et tous les acteurs de la pièce dont on venait de jouer le prologue, fiers de leurs rôles, se séparèrent.

La traversée de la Seine s'effectua sans incident et leurs barques les déposèrent bientôt sur la rive.

Alors, s'accrochant aux buissons, rampant sur les genoux, s'agrippant aux aspérités des rocs, ils commencèrent à gravir les flancs escarpés de la forteresse.

Pour des hommes de fer comme les écorcheurs, rompus aux fatigues de la guerre, cette périlleuse escalade ne fut qu'un jeu d'enfant, et ils ne tardèrent pas à se trouver au rendez-vous.

Gautier les attendait à l'entrée du souterrain par lequel il s'était échappé quelque temps auparavant.

Ils s'engagèrent aussitôt à sa suite dans les ténèbres, glissant contre les murs, en file indienne. A ce moment, le beffroi d'Andeli sonna dix heures.

On marchait depuis déjà un certain temps, quand, au commandement de « halte ! », répété à voix basse, d'homme à homme, la petite troupe s'arrête tout à coup.

Nul ne bouge. Chacun retient son souffle.

On eût dit une longue rangée de fantômes.

Au milieu du silence, on perçoit plusieurs petits coups secs.

Gautier vient de battre le briquet et d'allumer une lanterne sourde. Il aperçoit ainsi, à une courte distance, la grande salle aux piliers dont il se rappelle la récente et angoissante exploration.

Deux hommes sont embusqués au bas de l'escalier du gouverneur.

Si ce dernier descend, l'ordre est formel : pas de quartier ! C'est un homme mort.

Derrière chaque pilier de l'allée centrale, un compagnon est caché, l'épée à la main.

Après s'être assuré que tout le monde est à son poste, Gautier se dirige avec son lieutenant vers le pilier dans l'intérieur duquel est creusé l'escalier dérobé de la tour de Boutavant.

Un compagnon sera de garde près du pilier. Un autre se tiendra aux aguets à l'intérieur, au bas des marches.

Gautier se glisse alors dans l'étroite ouverture, où son camarade le suit.

Les ténèbres sont complètes dans la grande salle, le capitaine ayant emporté sa lanterne.

Quelques minutes se sont écoulées, quand on entend au loin le grincement d'une porte, puis des pas lourds et lents.

... Bientôt, au fond d'une galerie, un homme portant une lanterne apparaît.

C'est le veilleur de nuit qui passe.

Arrivé à la hauteur de l'escalier du gouverneur, il élève sa lumière d'un mouvement machinal.

Il va continuer sa route, quand il aperçoit une forme humaine tapie contre le mur.

Il avance... et en découvre une seconde.

— Alerte ! crie-t-il, en mettant la main à son épée.

Il n'a pas le temps de faire un nouvel appel.

Les deux écorcheurs ont bondi sur lui... Frappé au cœur de deux coups de poignard, il râle, étendu sur le sol.

Mais son cri a été entendu.

La porte du petit escalier s'ouvre et les deux écuyers du gouverneur, une torche à la main, se précipitent au bas des marches.

A peine sont-ils à l'entrée du couloir qu'ils tombent l'un après l'autre, baignant dans leur sang.

Mais, si sûrs, si foudroyants qu'aient été les coups, ils n'ont pas empêché les victimes de pousser des cris déchirants.

Pendant ces scènes sanglantes, aucun des écorcheurs n'a quitté son poste. Les torches sont éteintes et, de nouveau, un silence funèbre, à peine troublé par les derniers râles des mourants, règne dans la nuit.

Soudain, une voix forte s'élève et se répercute sous les voûtes :

— Hubert !... Gaétan !... Qu'y a-t-il ?... Répondez !

C'est le sire de Bellozanne qui, du haut de son escalier, appelle ses écuyers.

Mais, hélas ! personne ne répond.

— Par la mort de Dieu, l'entend-on s'écrier, il se passe ici des choses extraordinaires. Roger, sonne l'alarme. Que deux cents hommes d'armes descendent dans les souterrains et occupent la salle aux piliers... Fais doubler partout les sentinelles et que le reste de la garnison se range en bataille dans la cour de Lasci... Ah ! n'oublie pas de mettre deux hallebardiers de garde à la porte de la dame de Boutavant... Va et ne perds pas un instant.

Ces ordres sont à peine transmis, que tout le château est en effervescence.

Des torches s'allument et courent dans la nuit. Bientôt, on entend le heurt des armures, les jurons des soldats à demi éveillés, le hennissement des chevaux.

Dans la salle basse, les écorcheurs, avertis par le tumulte qui grandit au-dessus de leurs têtes que la lutte approche, ont quitté leur poste et sont venus se grouper autour de leur lieutenant pour défendre l'ouverture de l'escalier secret.

Il ne reste plus qu'un compagnon au guet à l'entrée de chaque souterrain.

Quelques minutes s'écoulent dans l'attente, puis une rumeur lointaine sort des profondeurs du souterrain d'Andeli.

Bientôt, à un tournant, apparaît, aux lueurs rouges des torches, une masse noire et ondulante, zébrée de reflets de feu.

— Alerte ! crient les deux écorcheurs en se repliant sur leurs camarades.

— Alerte ! répète le compagnon posté au pied du pilier.

Et le même cri d'alarme monte et se perd dans les spirales de pierre.

Tous les échorcheurs forment maintenant un groupe compact. Protégés pas de solides cottes de mailles, armés de longues épées de combat, ils se préparent à vendre chèrement leur vie.

— Si au lieu de mourir ici, on montait

rejoindre le capitaine? hasarde un compagnon.

— Il a raison! En route! répondent les camarades.

Et les voilà se glissant et disparaissant l'un après l'autre dans l'intérieur du pilier.

Le dernier écorcheur a déjà la tête engagée dans l'ouverture, quand il se sent violemment tiré par les jambes.

Les soldats du gouverneur l'ont aperçu.

L'ouverture du pilier est découverte.

Pendant qu'on désarme et ligote solidement le fugitif, un des hommes de la garnison se hasarde dans le trou noir.

A peine entré, il en ressort aussitôt, tremblant de frayeur.

Il avait entendu des pas nombreux résonner sur les marches.

Cependant, le gouverneur est arrivé.

— Messire, lui dit un sergent, ce pilier est plein d'écorcheurs qui montent un escalier que personne ne connaît. Voilà le seul qui ne nous ait pas échappé. Que faut-il en faire?

— Venez! venez! crie quelqu'un au milieu de la galerie. Voilà les cadavres des deux écuyers.

— Les misérables! rugit le sire de Bellozanne, ils ont assassiné Hubert et Gaétan!

Et, déjà, il s'est penché sur les corps ensanglantés de ses vaillants compagnons d'armes.

— Ah!... voilà le cadavre du père Antoine! s'écrie un soldat quelques pas plus loin.

— Comment!... le veilleur!... ils ont tué aussi le veilleur!... vocifère le gouverneur.

Et, revenant rapidement auprès du prisonnier :

— Toi, tu vas payer pour les autres, en attendant qu'on règle leur compte. Allons! à mort le bandit! Traînez-le près de ses victimes... Qu'il soit frappé près de ceux qu'il a assassinés!

L'ordre allait être exécuté..., le poignard était levé.

— Arrêtez! commanda le gouverneur.

Et, s'étant approché :

— Où sont tes compagnons? demanda-t-il à l'écorcheur.

Pour toute réponse, celui-ci les regarda avec un suprême dédain.

— Dis-moi du moins combien vous êtes ici?

. . . . . . . . . . . . . . . .

— Quel est ton chef?

L'écorcheur semblait ne pas entendre.

— Voyons!... réponds..., le nom de ton chef..., et, je le jure par saint Denis, je te rends la liberté.

L'écorcheur reste impassible...

Pas un mouvement ne desserre ses lèvres.

— Meurs donc..., bandit! s'écrie le gouverneur, frémissant de colère.

Alors, la cotte de mailles du prisonnier est brutalement retroussée... Un poignard s'abaisse et s'enfonce dans la poitrine jusqu'à la garde...

Le sang jaillit à flots.

Cependant, jusqu'à la fin, le mourant regarde froidement son bourreau. Son corps se tord dans les convulsions d'une brève agonie... et bientôt se raidit dans l'immobilité de la mort.

— Ces bandits sont décidément des braves! murmure le sire de Bellozanne.

Et, pensif, il va vers ceux qui l'attendent auprès de l'ouverture du pilier.

— Eh bien? interroge-t-il.

— Ils continuent à monter, répond un sergent qui sortait du pilier où il s'était glissé un instant.

— Impossible de les poursuivre, déclare le gouverneur, et, pourtant, il ne faut pas qu'ils nous échappent.

— Si on les enfumait? risque un soldat.

— Comme des renards! accentue un autre.

— Oui!... oui!... enfumons-les!... appuient la plupart des assistants tournés vers le gouverneur et n'attendant plus que son approbation pour agir.

— Soit! qu'on apporte de la paille et alimentez le feu jusqu'à mon retour. Je monte à la prison de Boutavant.

Ceci dit, le gouverneur, suivi de quelques hommes d'armes, s'éloigne rapidement.

Pendant les scènes d'horreur que nous venons de raconter, des événements non moins tragiques se passaient dans la tour de Boutavant.

Après avoir monté tout d'une traite les deux cent soixante marches de l'escalier dérobé, Gautier, ayant ouvert le panneau secret, s'était glissé dans l'armoire dont la porte était restée entr'ouverte et avait ainsi pénétré sans bruit dans la prison.

A la lueur de sa lanterne, il aperçut Marguerite dans son lit.

Elle dormait d'un sommeil paisible, ses bras nus repliés sur sa tête. Sa poitrine, à demi découverte, se levait et s'abaissait dans un rythme harmonieux.

Elle devait être sous le charme d'un rêve heureux, car un sourire voltigeait sur ses lèvres.

Ebloui, fasciné, Gautier hésitait à réveiller l'adorable dormeuse.

Enfin, il se pencha sur elle et, doucement, lui baisa les yeux...

Marguerite le serra dans ses bras comme si son rêve d'amour continuait... Puis, entr'ouvrant lentement ses paupières et reconnaissant son amant, elle se dressa sur son lit :

— Je ne rêve pas..., c'est bien toi!... mon Gautier!...

— Oui, chère aimée, c'est moi qui viens te sauver.

— Tu es arrivé par l'escalier secret?

— Oui, tu le connais donc?

— Je l'ai découvert après ton départ... et depuis j'ai toujours pensé que mon salut viendrait par là. Aussi — ne l'as-tu pas remarqué? — j'avais laissé ouverte la porte de l'armoire.

— En effet..., mais les minutes sont comptées..., viens vite, je t'en conjure..., j'ai avec moi de braves compagnons qui nous attendent...

Marguerite s'est levée... Elle jette quelques vêtements sur ses épaules... et la voilà déjà dans l'escalier, appuyée sur l'épaule de Gautier qui la guide et la soutient.

Ils descendent, pleins d'espérance, quand un cri sourd et prolongé, qui semble monter des entrailles de la terre, vient expirer à leurs oreilles.

— Hâtons-nous! dit Gautier, inquiet.

Ils descendent plus vite...

Bientôt, c'est une rumeur confuse..., puis des gémissements étouffés..., des imprécations..., des râles...

Glacés d'effroi, les fugitifs s'arrêtent.

Que faire? continuer à descendre ou remonter?

— Montez tous! crie une voix haletante au-dessous d'eux.

En même temps, une odeur âcre et pénétrante se fait sentir.

Peu à peu, les pas qui montaient diminuent..., on perçoit des bruits sourds et mous de corps qui tombent.

L'odeur devient plus forte et saisit à la gorge Gautier et Marguerite.

Une fumée épaisse, asphyxiante les gagne, les enveloppe.

— C'est le feu! Montons!... Toujours!... Du courage, Marguerite, ou nous sommes perdus!

Mais, Marguerite, suffoquée, affolée par la peur, défaille.

Gautier l'enlace de ses bras, l'attire vers lui.

La fumée s'épaissit de plus en plus. La suffocation augmente... La tête s'alourdit... Le vertige commence.

Ce n'est plus qu'une forme inerte, qu'un corps affalé, que Gautier, à bout de forces, hisse de marche en marche.

Un choc sonore... Ils viennent de heurter le panneau secret.

Encore un effort!

D'une main défaillante, Gautier cherche le ressort..., enfin, la porte s'entr'ouvre!

Il tombe inanimé au bord de l'armoire, serrant toujours Marguerite dans ses bras.

. . . . . . . . . . . . . . . . . .

Quand Gautier rouvre les yeux, il voit des soldats autour de lui.

Quelqu'un lui frotte les tempes avec du vinaigre. Peu à peu, il reprend ses sens..., la mémoire lui revient..., un frisson le secoue de la tête aux pieds.

« Marguerite!... Marguerite!... où est-elle? »

Ce sont ses premières paroles.

« Marguerite? », que veut-il dire?

Tout le monde se regarde.

« Oui, Marguerite, répète-t-il, en essayant de se soulever... Marguerite, la reine de Navarre! »

La reine de Navarre!

Ont-ils bien entendu?

La dame de Boutavant..., la pauvre femme encore à demi évanouie, à demi morte sur son lit..., c'est l'épouse du roi Louis X!

Alors, le sire de Bellozanne, rassemblant ses souvenirs, se penche vers le jeune homme :

— Tu serais donc Gautier d'Aulnay?

— Oui! c'est moi! répond une voix fière, mais encore faible... Je suis vaincu..., tuez-moi..., mais épargnez mes compagnons.

— Tes compagnons sont tous morts.

— Morts!... par ma faute, gémit Gautier, en se tordant les mains de désespoir. Pourquoi donc suis-je encore vivant?

— Parce que tu appartiens à la justice du roi, répond solennellement le gouverneur. Gardes, emmenez le prisonnier dans le cachot du donjon.

— De grâce, supplie Gautier, laissez-moi rendre à ma reine un dernier hommage.

En même temps, il écarte doucement les gardes, et, d'un pas encore mal assuré, se dirige vers le lit où Marguerite commence à entr'ouvrir les yeux.

Il s'agenouille et, saisissant la main inerte et glacée de celle pour laquelle il va mourir, il la couvre de ses larmes et de ses baisers.

— Adieu ! ma reine bien-aimée... Adieu pour toujours.

Le gouverneur et ses hommes regardent, immobiles et gagnés par l'émotion.

Gautier s'est relevé et, se tournant vers le gouverneur :

— Merci, messire... Maintenant, faites de moi ce qu'il vous plaira !

Au moment de franchir la porte, il se retourne et se découvre en regardant Marguerite une dernière fois.

— Gautier ! soupire une voix frêle comme un souffle.

A cet appel, Gautier veut se précipiter vers Marguerite, mais les gardes l'entraînent, et l'on n'entend plus qu'un bruit de pas qui se perd dans l'escalier, pendant que la pauvre petite reine continue à appeler Gautier dans une crise de larmes.

## XVIII

### LA FIN D'UNE REINE

Le lendemain de la nuit tragique où Gautier d'Aulnay avait tenté, par un audacieux coup de main, d'enlever la reine Marguerite, le roi Louis X, seul dans une grande salle de la tour du Louvre, paraissait plongé dans de profondes réflexions.

Assis devant une table à écrire chargée de papiers, il feuilletait d'une main distraite les pièces soumises à son examen.

On sentait que sa pensée était ailleurs. Au moindre bruit du dehors, il se levait et allait à la fenêtre qui donnait sur la rue Froidmanteau.

Dans la matinée, des hérauts avaient annoncé, au coin des carrefours, la levée d'un nouvel impôt.

Louis X était monté sur le trône depuis six mois à peine et, déjà, il avait explusé les juifs et confisqué leurs biens.

Déjà, il avait forcé les serfs à se racheter, déguisant sous une apparence d'émancipation le moyen de venir en aide au Trésor, dont les coffres étaient aussitôt vidés que remplis.

Et ces mesures ne suffisant pas, il avait contre-signé la veille, sur la proposition du coadjuteur, une ordonnance imposant au peuple de nouvelles charges.

Jacques Bonhomme avait bon dos, mais sa patience n'était pas sans limite et cette limite paraissait atteinte.

Plusieurs années auparavant, dans des circonstances analogues, le peuple avait saccagé la maison Barbet et, durant plusieurs heures, l'émeute avait été maîtresse de Paris.

N'allait-on pas revoir ces jours mauvais?

Faudrait-il mobiliser de nouveau les archers et étouffer la révolte dans le sang ?

« Suis-je donc condamné, se demandait le roi avec tristesse, à hériter de l'impopularité de mon père et de cet Enguerrand, l'âme damnée de notre maison ? »

Il en était là de ses réflexions et l'après-midi, déjà fort avancée, semblait devoir se passer sans agitation, lorsque, soudain, une rumeur se fit entendre dans la direction des Innocents.

Le roi s'approcha de la fenêtre et regarda à travers les vitres.

Le bruit, sourd d'abord, s'amplifiait et se précisait maintenant en une clameur formidable.

Une foule exaspérée, hurlante, débouchait en rangs pressés de la rue Saint-Honoré et s'engouffrait dans la rue Froidmanteau.

Plus la manifestation approchait du Louvre, plus les clameurs redoublaient.

Les cris de : « A bas Enguerrand ! Vive la reine Marguerite ! » dominaient tous les autres.

Le roi ne pouvait se méprendre sur leur signification.

Le peuple réclamait la tête du coadjuteur et la liberté de la reine.

Et des poings furieux se tendaient vers les épaisses murailles derrière lesquelles le roi frémissait de rage impuissante.

— La reine !... toujours elle, s'écria-t-il, en frappant du pied. Combien de temps cela durera-t-il.

Et, assis sur un banc de pierre dans la profonde embrasure de la fenêtre, la tête entre les mains, il cherchait le moyen de sortir de l'impasse où, sur les conseils d'Enguerrand, le roi son père l'avait inconsidérément engagé.

Deux solutions se présentaient à son esprit :

La mort de la reine.

L'annulation de son mariage.

« La mort ?... Ah ! ce serait la libération rapide et définitive », songeait-il.

Mais, en même temps, il voyait son trône éclaboussé de sang et, malgré sa nature cruelle et violente, il hésitait.

Et le peuple... ce peuple qui acclame la prisonnière..., ne serait-ce pas ajouter un nouvel aliment à sa haine, attiser la révolte dont je vois passer en ce moment les sombres avant-coureurs ?

Les cris continuaient dans la rue.

« Non..., assez de sang versé..., assez d'impopularité..., songeait-il. Pourquoi ne pas mettre le droit de mon côté ? Pourquoi ne pas faire annuler mon mariage ? Ah ! l'entreprise est délicate. Il me faudrait un rusé compère... Et je ne vois qu'Enguerrand..., toujours Enguerrand ! Quand donc pourrai-je me passer de cet homme néfaste, dont les services me pèsent et dont l'expérience m'est indispensable !

« ... A qui confier mes projets, si ce n'est à lui seul ? Voyons donc ce qu'il va me conseiller. »

Quelques instants plus tard, le coadjuteur, mandé près du roi, accourait en toute hâte.

— Messire, lui dit Louis X sans aucun préambule, vous avez, comme moi, entendu ces clameurs. On a crié sous mes fenêtres : « Vive la reine Marguerite ! » C'est une insulte, il faut que cela cesse.

Et le roi, rouge de colère, frappa la table du poing.

« Tudieu ! pensa le coadjuteur, voilà une entrée en matière qui promet ! »

— Sire, dit-il d'un ton doucereux où perçait une pointe de raillerie, vous avez montré, en effet, une longanimité que j'admire et qui fait l'étonnement de la cour.

— Oui, je le reconnais, j'ai trop attendu. Mais ma patience est à bout. Je veux en finir avec ce cauchemar... et j'ai compté sur vous.

— Parlez, sire. Je suis à vos ordres.

— Le pape Clément V ne doit-il pas son élection à mon regretté père?

— En effet, sire, nous avons même échangé à cette époque des conventions secrètes, par lesquelles, en reconnaissance de notre intervention, le Saint Père s'engageait à nous prêter son appui en toute occasion.

Le visage du roi se dérida.

— Alors, interrogea-t-il, si je demandais au pape l'annulation de mon mariage?...

Le coadjuteur eut un moment de surprise aussitôt réprimé.

— Je crois, sire, répondit-il avec assurance, qu'une telle démarche, si grave soit-elle, pourrait être favorablement accueillie. Toutefois, il serait indispensable que le haut mandataire, chargé de représenter le roi auprès du Saint-Siège et de plaider sa cause devant la curie pontificale, eût des intelligences à la cour de Rome.

— Il nous sera facile, j'imagine, repartit le roi, de trouver l'homme dont vous parlez.

— Peut-être, hasarda le coadjuteur d'un air détaché, l'archevêque de Sens?...

— Votre frère? interrompit le roi.

— Oui, sire; mais vous connaissez assez mon dévouement pour savoir que ce ne sont pas des considérations de famille...

Louis X esquissa un sourire.

— Pardieu! voilà une excellente inspiration, et je reconnais votre sagacité habituelle. Je me souviens avec quel zèle votre frère a instruit le procès des Templiers... et comme mon auguste père, je crois pouvoir compter sur son dévouement...

— Comme il comptait sur le mien, appuya Enguerrand.

— Je le sais, messire, et vous en remercie. Veuillez donc mettre l'archevêque au courant de mes intentions... Demain, je le recevrai au Louvre et lui donnerai en votre présence mes pouvoirs et mes instructions. Allez, messire, et faites diligence.

Le coadjuteur s'inclinait pour prendre congé, quand la lourde portière en tapisserie se souleva.

Un page parut.

— Sire, dit-il, un messager du Château-Gaillard arrive à l'instant et insiste pour être introduit immédiatement. Il a, déclare-t-il, des nouvelles très graves à vous communiquer.

— Qu'il entre! dit le roi, redevenu subitement sombre et soucieux.

Et comme le coadjuteur se préparait à sortir :

— Restez, lui dit-il, j'aurai peut-être besoin de vous.

Cependant, le page annonçait :

« Le chevalier des Barres! »

Et un homme entrait précipitamment, le visage en sueur, les vêtements gris de poussière.

Arrivé près du roi, il mit un genou en terre et sortit de sa cotte de cuir un pli de parchemin.

— Sire, dit-il, le comte Eudes de Bellozanne m'a chargé de vous porter ce message. Il vous prie d'en prendre connaissance sans aucun retard.

Le roi brisa le cachet de cire et déplia le parchemin.

A peine eut-il lu les premières lignes que ses traits se contractèrent.

— Mordieu! s'écria-t-il, frémissant de colère; l'audace de ces gens ne connaît plus de bornes!... Malheur à ceux qui ont osé me braver!

Et s'adressant au chevalier des Barres :

— Après une traite comme celle d'aujourd'hui, votre monture sera-t-elle en état de repartir demain ?

— Sire, je n'ai plus de cheval.

— Comment cela ?

— La pauvre bête est tombée de fatigue près de la porte Saint-Martin et ne s'est pas relevée.

— Qu'à cela ne tienne, chevalier. Vous choisirez un cheval dans mes écuries. Je vous le donne en récompense de votre zèle... Maintenant, allez prendre du repos. Vous êtes mon hôte au Louvre, jusqu'à demain. Je vous recevrai avant votre départ et vous remettrai une lettre pour le Château-Gaillard

« Gontran, ordonna-t-il au page, conduis le chevalier dans son appartement et veille à ce qu'il soit traité avec tous les égards.

Dès que la portière fut retombée derrière le chevalier et son guide, le roi, croisant les bras, se campa devant le coadjuteur et les yeux dans les yeux :

— Savez-vous ce qui se passe au Château-Gaillard ?

Et sans lui donner le temps de répondre, il poursuivit d'une voix rauque, hachant les mots :

— On a tenté... hier... d'enlever la reine de Navarre !

— Qui donc a osé ?

— Eh pardieu ! Gautier d'Aulnay... son amant... toujours lui !

— Le misérable ! rugit Enguerrand, atteint dans son cœur comme Louis X dans son orgueil.

— Oui, le misérable ! répéta le roi, mais cette fois, je le tiens en mon pouvoir et, par saint Denis ! son procès ne sera pas long.

Et, les poings serrés, il arpentait son cabinet de long en large.

Le coadjuteur, muet, cloué sur place, regardait avec inquiétude ce formidable flot de colère, qui montait toujours.

Brusquement, le roi s'arrêta.

— De quelle peine punit-on le crime de lèse-majesté ? demanda-t-il.

— Sire, le coupable a d'abord la main droite brûlée !

— Après ?

— Il est écorché vif, et on verse de l'huile bouillante sur ses plaies !

— Bien ! Après ?

— Il est écartelé et son corps est pendu au gibet.

— Ce supplice sera appliqué intégralement... Vous entendez, messire, intégralement !

— Sire, comptez sur moi, répondit le coadjuteur, ponctuant ses paroles avec une joie cruelle.

— Quant à l'autre, poursuivit le roi, baissant la voix.

— Quel autre ? hasarda le coadjuteur, feignant de ne pas comprendre.

— La reine de Navarre, pardieu !... Ah ! cette femme, messire Enguerrand, — et le roi s'était arrêté face à face avec le coadjuteur — cette femme... je ne veux plus la revoir... je ne veux plus être exposé à la trouver sur ma route.

— Alors, sire, ce serait la prison perpétuelle ?

— M'auriez-vous mal compris ? dit le roi lentement, les yeux fixés à terre.

— Quoi ! sire... vous songeriez... ?

— Oui !... j'en ai assez de cette honte vivante attachée à mes pas... à ma vie... Il n'est plus question de rompre une chaîne ; il s'agit de supprimer un obstacle... et c'est à vous, messire, que j'ai pensé...

— Quoi, sire, ce serait moi qui...

— Oui... c'est la plus grande preuve de confiance que je puisse donner. Vous en êtes digne à tous égards.

Le coadjuteur s'inclina.

— Choisissez les moyens... le jour et l'heure... je vous donne pleins pouvoirs... Je désire seulement avoir à vous remercier... le plus tôt possible.

— Sire, si pénible que soit la mission qui m'est confiée... je me ferai un devoir de déférer... en tous points... à vos désirs.

Le roi, sans ajouter un mot, tendit la main au coadjuteur comme pour sceller le pacte criminel qui les unissait, et les deux complices se séparèrent.

En moins d'une heure, Enguerrand était redevenu le grand favori. Il tenait le roi par le plus redoutable des secrets, et voyait déjà ses ennemis, Charles de Valois en tête, courbés de nouveau sous une puissance, que rien — il s'en flattait du moins — ne pouvait désormais ébranler.

D'ailleurs, en le prenant pour instrument de ses ténébreux desseins, le roi ne lui procurait-il pas le moyen de se venger lui-même de la femme qui lui avait broyé le cœur sans pitié, sous les humiliations et les dédains ?

— Décidément, concluait-il, cette journée comptera parmi les dates les plus marquantes de ma vie !

... Le lendemain, le chevalier des Barres quittait le Louvre, chargé par le gouverneur du Château-Gaillard d'un message du roi, que le coadjuteur lui avait remis en audience secrète.

. . . . . . . . . . . . . . . .

Pendant que messire Enguerrand, devenu l'exécuteur des basses œuvres du roi, se prépare dans l'ombre à passer de la parole à l'action, le calme renaît peu à peu au Château-Gaillard.

L'âme et le corps encore endoloris par la terrible aventure où les hardis compagnons de Gautier sont morts en braves pour la délivrer et où elle n'a dû son salut qu'à l'héroïque dévouement de son amant, la reine Marguerite se remet néanmoins chaque jour et retrouve quelque douceur à la vie.

Sa prison, il est vrai, a perdu beaucoup de son caractère sévère et rébarbatif.

Personne n'ignore maintenant que, sous les vêtements grossiers de la prisonnière, se cachait la reine de Navarre, l'épouse de Louis X., aujourd'hui roi de France.

Aussi, tous ceux qui approchent la reine font-ils assaut de respect et de prévenances.

Gautier d'Aulnay étant arrêté et son sort ne laissant, hélas ! aucun doute à personne, pourquoi le roi, débarrassé à tout jamais de son rival, ne pardonnerait-il pas à l'épouse coupable ?

Dame Brigitte n'y voit, pour sa part, aucun obstacle, et pense déjà, avec une certaine fierté, au jour où elle sera promue aux fonctions de dame d'atours de la reine.

Le sire de Bellozanne lui-même a subi le prestige de cette royauté, abaissée aujourd'hui, relevée peut-être demain.

Depuis longtemps déjà une sympathie secrète, instinctive, l'attirait vers sa belle prisonnière, dont les larmes avaient autant de séduction que le sourire.

Il se reproche seulement de ne pas avoir, sous cette robe de bure, deviné plus tôt sa future souveraine.

Comme il se fût ingénié à adoucir pour elle les rigueurs de la captivité.

— Mais aussi, pourquoi, madame, osa-t-il lui demander un jour, avez-vous pris soin de nous cacher ainsi votre rang ?

— Hélas ! messire, répondit-elle, au moment de quitter l'abbaye de Maubuisson, j'avais juré sur les reliques de saint Denis, et sur mon salut éternel, de ne révéler mon nom à âme qui vive. Aussi, je tremble que le roi, apprenant ce qui vient de se passer, ne se venge sur moi de la divulgation de ce secret.

— Rassurez-vous, madame ; le roi est renseigné depuis plus de quinze jours et tout se bornera, j'en ai le ferme espoir, à l'enquête qu'il m'a fait annoncer par le chevalier des Barres.

— Que c'est gentil à vous, messire, de me réconforter ainsi.

— J'ajouterai même, continua le gouverneur, que je m'attends à recevoir bientôt l'ordre de vous accompagner à Paris avec une escorte d'honneur.

Ces paroles, dites avec un accent de chaleureuse sincérité, furent, pour la nature confiante et prime-sautière de la reine, comme une trouée lumineuse dans un ciel noir.

— Ce jour-là, messire, je vous choisirai pour grand écuyer.

— Et jamais reine n'aura eu près d'elle de serviteur plus fidèle.

— Je le crois, lui dit la reine.

Et, gentiment, elle lui tendit sa petite main blanche qu'il baisa avec respect, du bout des lèvres.

La visite du gouverneur s'était prolongée ce matin-là plus que d'ordinaire.

Onze heures venaient de sonner au beffroi du donjon. Le gouverneur se leva.

— Déjà ! fit la reine avec une moue charmante.

— Déjà ! répéta le sire de Bellozanne, avec un soupir. Moi aussi, madame, j'ai trouvé l'heure brève et, croyez à la franchise d'un vieux soldat, j'ai de la peine à vous quitter.

Soudain, le son du cor se fit entendre. Le gouverneur tendit l'oreille.

— Cette sonnerie m'annonce qu'on va baisser le pont-levis. Je vais voir qui nous arrive. A bientôt, madame.

Et s'étant incliné profondément, il sortit.

Pensive, la reine écouta le bruit de ses pas se perdre dans les tournants de l'escalier.

« Voilà un brave cœur, songea-t-elle, et un nouvel ami sur lequel je puis compter. »

Pendant que l'auguste prisonnière, réconfortée par une sympathie si délicatement et si loyalement exprimée se laissait aller à la joie d'espérer, le pont-levis s'était abaissé et livrait passage à deux cavaliers, dont les superbes montures semblaient indiquer des personnages de distinction.

Ils étaient vêtus de noir et portaient le costume des juges enquêteurs de la prévôté de Paris.

Aussitôt introduits, ils saluèrent le gouverneur avec une désinvolture de mauvais goût, peu faite pour leur concilier ses bonnes grâces.

D'ailleurs, en sa qualité de soldat, le sire

de Bellozanne éprouvait une répulsion pour tous les gens de la Basoche. Aussi, leur demanda-t-il d'un ton presque rude leurs noms et qualités.

— Maître Robin, dit le plus gros, en se rengorgeant, juge au grand Châtelet.

— Maître Domat, continua l'autre avec un fort accent méridional, juge au grand Châtelet, délégué ainsi que mon honorable confrère, par messire Enguerrand de Marigny, coadjuteur du roi, que Dieu garde !

A ces derniers mots, ils soulèvent ensemble, d'un geste théâtral leur chaperon de velours.

— Votre visite m'avait été annoncée par un message du roi, fit négligemment le gouverneur.

— Vous n'ignorez pas alors que nous sommes chargés d'une enquête secrète auprès de la reine de Navarre, votre prisonnière.

— Voici d'ailleurs, ajouta maître Robin en tendant un pli scellé au gouverneur, un ordre qui vous concerne.

Cet ordre était ainsi conçu :

« Nous enjoignons au gouverneur du Château-Gaillard de laisser maîtres Robin et Domat, porteurs de la présente, pénétrer seuls et à toute heure auprès de la reine.

« Pour le roi,

« Le coadjuteur du royaume,

« ENGUERRAND DE MARIGNY. »

— C'est bien, dit froidement le sire de Bellozanne. Quand désirez-vous monter chez la reine ?

— Nous allons, si vous le permettez, dit maître Robin, nous restaurer un peu. Nous en avons besoin, après une pareille traite. Nous vous prierons ensuite de nous faire accompagner jusqu'à la prison.

— Comme il vous plaira, messieurs, fit le gouverneur. Roger, conduis ces messieurs à la salle à manger et veille à ce qu'ils soient bien servis.

Quelques instants après, les deux magistrats étaient attablés devant un pâté au pot d'un volume respectable, et dont le fumet fut apprécié d'abord dans un silence religieux. Mais, un certain vin de Saint-Martin, dont le pâté était copieusement arrosé ne tarda pas à délier les langues.

La conversation fut d'abord celle des gens de qualité, mais à force de rasades les têtes s'échauffèrent, les propos devinrent bruyants et grossiers, les poings s'abattirent sur la table avec des rires homériques.

Le valet de service ne pouvait en croire ses yeux, ni ses oreilles.

— Allons, maître Domat, bégaya maître Robin, l'œil émerillonné, la face violette. Venez... faut travailler...

— T'as raison... Caboche, murmura l'autre d'une voix traînarde.

— Comment !... Caboche !... Trêve de plaisanterie, mon cher confrère, dit maître Robin, se raidissant et montrant du doigt le valet d'un air significatif.

— Toutes mes excuses, maître Robin, grogna son compagnon, en se levant péniblement.

— Maintenant, mon garçon, dit-il au valet, conduis-nous à la prison de la reine de Navarre.

Et comme ce dernier semblait hésiter :

— Aies pas peur... imbécile. Ton maître a vu nos papiers... nous sommes en règle.

— Ce n'est pas mon service, répondit le valet, je vais prévenir le porte-clef.

— Allons ! dépêchons... mordieu ! grommela maître Robin.

« Voilà d'étranges magistrats ! songeait le valet en pressant le pas, pour aller prévenir le gouverneur. »

Cependant, le geôlier ne tardait pas à arriver, et les deux magistrats le suivirent en titubant quelque peu jusqu'à la porte de la prison qu'il ouvrit devant eux.

Dès qu'ils furent entrés, il la referma en laissant la clef sur la serrure et descendit.

Il était à peine à moitié de l'escalier, quand il crut entendre des cris étouffés. Pressentant un malheur, il remonte précipitamment.

Plus de doute : les gémissements viennent de la chambre de la reine.

Il veut entrer, mais la porte est fermée et la clef n'est plus sur la serrure.

Affolé, il descend l'escalier quatre à quatre et se précipite chez le gouverneur.

— Messire... venez vite... on assassine la reine !

D'un bond, le sire de Bellozanne est dehors. Il entraîne avec lui les hommes qu'il rencontre sur son chemin et escalade l'escalier aussi vite que lui permettent ses jambes de soixante ans.

Le voilà devant la porte.

Il écoute.

Son oreille collée à la serrure ne perçoit qu'un faible râle de plus en plus espacé.

— Ouvrez ! crie-t-il d'une voix de tonnerre.

Et il frappe la porte du pommeau de son épée.

Personne ne répond.

— Ouvrez ! ou j'enfonce la porte, et par le sang du Christ, je vous tue comme des chiens.

A cette dernière sommation, la clef grince dans la serrure, le gouverneur pousse la porte et reste pétrifié d'horreur.

La pauvre jeune reine est étendue sur son lit, les membres contractés par les efforts de la lutte suprême. La face est tuméfiée. Une écume sanguinolente sort de la bouche et des narines. Ses beaux yeux à demi ouverts semblent figés dans une indicible expression d'épouvante.

Les meurtriers, immobiles dans un coin, regardent, hébétés.

— Assassins ! vocifère le gouverneur.

Puis, se tournant vers les gardes qui l'accompagnent :

— Assurez-vous de ces misérables !

Les deux hommes sortent alors de leur apathie.

— Doucement, messire, dit Caboche d'un ton cauteleux, on n'arrête pas ainsi les serviteurs du roi.

— Qu'osez-vous dire ? balbutie le gouverneur abasourdi.

— Prenez donc la peine de lire ceci, continue Caboche en sortant de sa cotte un pli scellé aux armes royales.

D'une main tremblante d'émotion, le sire de Bellozanne ouvre le parchemin.

Aussitôt, il ne peut dissimuler un geste de surprise et son visage s'épanouit.

Voici ce qu'il vient de lire :

« Ordre au gouverneur du Château-Gaillard de faire bonne et prompte justice des meurtriers de la reine Marguerite de Bourgogne.

« ENGUERRAND DE MARIGNY. »

— Au nom du roi, je maintiens votre arrestation, dit le gouverneur.

— C'est une infamie ! hurle Caboche.

— Bagasse ! Ce scélérat d'Enguerrand nous a roulés, gémit son complice. Nous payons pour lui.

Le gouverneur avait pris un sergent à part et lui avait glissé deux mots à l'oreille.

— Allons ! en route ! commande-t-il, et recommandez votre âme à Dieu.

Un quart d'heure après, les deux bandits étaient poussés dans un cachot du donjon fermé par une porte de fer... une trappe s'ouvrait... des cris affreux se perdaient dans les profondeurs de la terre.

Puis, on n'entendit plus rien.

Les assassins de Marguerite de Bourgogne étaient ensevelis pour toujours dans les oubliettes.

Cependant le sire de Bellozanne s'était approché du lit de la victime.

Tête nue, un genou en terre, il prit dans sa grosse main tremblante la main fine et glacée de la petite reine, et la garda longtemps pressée sur ses lèvres.

Quand il se releva, ses yeux étaient pleins de larmes.

Le soir même, il expédiait au roi un message ainsi conçu :

« Sire,

« Vos ordres ont été exécutés.

« J'ai rempli jusqu'au bout mon devoir. Je vous prie, maintenant, de vouloir bien me relever de mes fonctions de capitaine gouverneur du Château-Gaillard, et m'autoriser à finir mes jours en paix dans ma terre de Bellozanne.

« Votre fidèle serviteur et sujet,

« EUDES DE BELLOZANNE. »

## XIX

### L'ÉCHAFAUD DE LA PLACE DU MARTROI

A Paris, place du Martroi, au centre d'un enclos fermé par une solide palissade, la Prévôté avait dressé, depuis plusieurs jours, un échafaud de neuf pieds carrés sur trois pieds de haut.

On avait réservé une seule entrée, assez large pour le passage d'une voiture, en face de la rue du Martroi, qui menait à la place de Grève.

A l'intérieur de la palissade, s'élevait, près de l'échafaud, une tribune couverte, assez vaste pour contenir une cinquantaine de spectateurs et décorée d'une tapisserie de haute lice. Sous un dais fleurdelysé, un fauteuil de brocart, surélevé d'une marche, semblait réservé, à défaut du roi, à un des grands dignitaires du royaume.

Depuis le matin, un cordon d'archers de la Prévôté, gardait les abords de la place du Martroi, pendant que les soldats du guet, postés de distance en distance, surveillaient les voies conduisant du Châtelet à la place de Grève.

Toutes les précautions nécessaires au maintien de l'ordre semblaient avoir été prises, et ce n'était pas chose facile, dans des rues étroites, tortueuses, où se pressait une foule houleuse, dont la densité augmentait d'heure en heure et à travers laquelle la maréchaussée devait faire de fréquentes trouées pour rétablir la circulation.

Cependant, malgré les efforts des soldats, des rassemblements se formaient au coin des carrefours.

Partout on voyait des visages consternés, partout des signes manifestes de mécontentement.

Une indicible et poignante anxiété semblait étreindre tous les cœurs, et les propos échangés dans chaque groupe n'étaient pas de nature à calmer les esprits.

Au coin de l'église Saint-Jean-en-Grève, notamment, un mendiant ne se gênait pas, malgré le voisinage des gardes royaux, pour donner un libre cours à son indignation.

— Il faut qu'ils soient sans pitié, s'écriait-il en brandissant ses béquilles, pour songer à torturer un jeune homme de vingt ans, presque un enfant.

— Un preux chevalier comme Gautier d'Aulnay, que feu le roi Philippe arma de sa main ! ajouta un homme vêtu d'une cotte rapiécée et portant accrochée à une large ceinture de cuir la longue épée des routiers.

— Et tout cela, parce que la pauvre reine de Navarre, dont on n'entend plus parler, l'avait pris en affection !

— N'avait-elle pas le droit de se consoler de l'abandon du roi ?

— Quelle est la femme qui n'en ferait pas autant, glapit d'une voix traînante une grosse marchande des Innocents.

Cette sortie provoqua les rires de quelques joyeux compères.

— Et c'est pour une pareille peccadille, s'empressa de faire remarquer le mendiant, que, tout à l'heure, pour la première fois, un homme sera écorché vif dans notre bonne ville de Paris !

— Après avoir eu la main droite brûlée, continua le routier, insistant avec intention sur les atrocités du supplice.

Il atteignit son but. A l'évocation de ces horreurs, des murmures, des protestations indignées s'élevèrent dans la foule.

Le moment était venu de désigner le coupable à la justice populaire.

— Ah ! la vengeance du coadjuteur est terrible, poursuivit le routier en enflant la voix, surtout quand il s'agit de punir un rival trop heureux en amour.

— Et voilà l'homme qui accapare les grains, qui affame le pauvre peuple ! cria le mendiant. Ah ! si vous le vouliez, vous tous, bourgeois et manants qui m'écoutez, ce n'est au supplice de Gautier d'Aulnay qu'on assisterait aujourd'hui, ce serait au châtiment de son bourreau !

En même temps, il leva sa béquille en l'air, comme un appel aux armes.

Ce geste produisit sur la foule une sorte de commotion électrique.

Une clameur s'éleva :

— A bas l'affameur !

Et la colère gagnant de proche en proche roulait déjà en un formidable grondement, quand des tintements lugubres, monotones, se firent entendre.

C'était le glas des agonisants annonçant le départ du condamné de la prison du grand Châtelet.

Un long frisson parcourut la foule et tous les regards se tendirent dans la direction du funèbre cortège.

A ce moment, dix heures sonnaient à Saint-Jean-en-Grève.

On vit d'abord apparaître au loin un détachement de chevaliers du guet, devant lequel la foule se disperçait en désordre, s'effaçant, s'aplatissant le long des maisons.

Immédiatement après, venait une forte troupe d'archers de la Prévôté, puis la charrette du condamné, assisté d'un religieux à cagoule noire.

De chaque côté de la charrette marchaient deux files de pénitents noirs, tenant en main des cierges allumés.

Une compagnie de soldats royaux fermait la marche.

Le cortège n'avançait que lentement, retardé par le grossissement de la foule, de plus en plus compacte aux abords de la place de Grève.

On remarquait surtout, autour du porche de Saint-Jean, un grouillement tumultueux de gens de mauvaise mine, truands, routiers, malandrins, dont l'effervescence était telle que les archers, débordés, se sentaient impuissants à les contenir.

A leur arrivée, les chevaliers du guet sont obligés de faire plusieurs charges pour s'ouvrir un passage, et c'est au milieu des huées et des cris des blessés que la charrette s'arrête au bas des marches de l'église.

Les grandes portes sont ouvertes, et laissent apercevoir à l'entrée de la nef tout le clergé de Saint-Jean, revêtu d'ornements noirs.

Le moment est venu, où, suivant l'usage, le condamné doit s'agenouiller sur le parvis, et faire amende honorable, un cierge de douze livres à la main.

Peu à peu, tous les bruits de la foule s'éteignent ; le silence se fait... le silence lugubre des grandes attentes.

Tous les yeux sont fixés sur Gautier d'Aulnay.

Vêtu d'une longue chemise, de toile bise, pâle sous ses beaux cheveux bouclés, d'un regard tranquille et fier, tantôt il scrute la foule comme pour y chercher des visages amis, tantôt il se penche vers son pieux compagnon, avec lequel — on le suppose au mouvement de ses lèvres — il paraît en union de prières.

Soudain, un cri sort du groupe où le mendiant et le routier péroraient tout à l'heure :

— Grâce à Gautier ! A bas le coadjuteur !

A ce signal, le religieux écarte brusquement sa robe, et en tire une épée.

Gautier la saisit aussitôt, en criant à son tour :

— Mort à Enguerrand !

Une clameur formidable lui répond, en même temps qu'une poussée irrésistible rompt le cordon des archers.

Par cette brèche humaine, une foule hurlante armée de rapières, de poignards, de maillets, de bâtons ferrés, fait irruption autour de la charrette.

Terrifiés par cette attaque imprévue, les gens du roi songent à peine à se défendre et se dispersent de tous côtés, laissant les émeutiers maîtres de la place.

Le clergé était rentré en hâte dans l'église, et avait fermé les portes.

Le peuple, entraîné par ce premier succès, enlevait Gautier sur ses épaules, et le portait en triomphe, pendant que le faux religieux,

— qui n'était autre que l'archi-suppôt, — jetant sa robe de moine, se perdait au milieu des truands, ses compagnons de la veille.

C'était autour du condamné un délire de joie, des ovations enthousiastes. Chacun voulait le voir, lui parler, lui serrer la main.

En quelques minutes, il était devenu le héros du jour, le symbole de la puissance populaire.

Mais, si naturelles et si émouvantes que fussent ces manifestations, elles n'en allaient pas moins à l'encontre du but poursuivi, à savoir : arracher au supplice la victime du coadjuteur.

En effet, pendant que porté sur un pavois de robustes épaules, Gautier, presque étouffé par des amis trop démonstratifs, ne pouvait ni avancer, ni reculer, et perdait un temps précieux à subir les exigences d'une popularité aveugle, les soldats du roi, remis de leur effarement, rejoignaient leurs chefs et se reformaient en bon ordre dans les rues voisines.

Le tocsin sonnait à toutes les églises.

Des renforts arrivaient et se massaient aux alentours de la place de Grève, enserrant les émeutiers dans un cercle infranchissable.

Quand on découvrit cette tactique, il était trop tard.

Toutes les issues étaient fermées.

A cette nouvelle, Gautier saute à terre, écarte la foule, rallie les anciens routiers de sa compagnie qui sont venus le retrouver à ce dernier rendez-vous, et l'épée haute. il marche à leur tête vers les archers échelonnés le long de la grève. S'il arrive à franchir leurs lignes, il trouvera bien une barque pour gagner l'autre rive et se cacher dans les ruelles de Saint-Jacques. S'il échoue, la mort le sauvera de la torture.

Le combat venait de s'engager, quand une sonnerie de trompettes se fit entendre et presque en même temps un cavalier monté sur un superbe cheval noir et suivi d'une brillante escorte, déboucha au galop sur la place.

On reconnut bien vite le coadjuteur en personne.

A peine arrivé, Enguerrand de Marigny voyant les deux troupes aux prises, commanda d'une voix éclatante :

— Epargnez la vie du condamné.

A cet ordre, renouvelé par un des cavaliers de l'escorte, les archers, rapidement renforcés par un gros de troupes royales, se bornent à répondre aux coups furieux de Gautier par des parades qui l'épuisent et décuplent sa rage. Il sent que ses blessures sont légères et qu'il lui faut renoncer à mourir.

La partie est perdue.

Couvert de sueur et de sang, il commande de cesser le combat et ramène en arrière les hommes qui ne sont pas tombés à ses côtés.

— Adieu ! camarades, s'écrie-t-il, votre dévouement, fidèle jusqu'à la mort, n'a pu me soustraire au supplice. Vous verrez au moins que votre capitaine sait souffrir en brave et que son courage est digne du vôtre.

A ces mots, il voit toutes les mains se tendre vers lui, et ne pouvant contenir son émotion, il les serre pour la dernière fois en pleurant.

Puis, il exige que personne ne l'accompagne, et seul, il s'avance à travers la vaste place, presque déserte maintenant.

Arrivé devant le coadjuteur, il s'arrête, le

regarde tête haute, d'un air de défi, et, brisant son épée, en jette dédaigneusement les tronçons aux pieds du cheval noir.

Après quoi, il reprend fièrement sa route vers la charrette, où il remonte sans aucun aide.

Le coadjuteur avait assisté, impassible, à cette scène de bravade. Que lui importait la suprême insulte de son rival ? N'allait-il pas tout à l'heure jouir de la vengeance depuis si longtemps caressée ?

Le funèbre cortège, reformé à la hâte, s'engageait déjà dans la rue du Martroi, où les soldats royaux faisaient la haie.

Le peuple, refoulé maintenant à l'intérieur des maisons, se pressait aux fenêtres. Mais le déploiement de nouvelles forces militaires avait imposé silence aux indignations bruyantes, et ce fut au milieu de murmures étouffés et dans un calme relatif que la charrette vint s'arrêter devant la tribune, où les spectateurs étaient déjà rassemblés.

Appréhendé aussitôt, Gautier est déshabillé et attaché à un poteau par des cordes serrées au-dessous des bras et des genoux.

La torture va commencer.

La main droite est assujettie par une chaîne de fer au-dessus d'un réchaud de soufre en fusion.

Aux premières atteintes de la flamme, Gautier jette un cri déchirant, puis dominant la douleur, il regarde froidement sa main se calciner...

A la vue de ce courage stoïque, un mouvement d'horreur et d'admiration agite l'assistance.

— Assez ! Grâce ! crient quelques voix.

A ce moment, le greffier s'approche du patient.

— Chevalier d'Aulnay, dit-il, au nom du roi, je vous somme de nommer vos complices.

— Je n'en ai pas, répond simplement Gautier.

— Alors, poursuit le greffier, je requiers le tourmenteur juré d'exécuter la sentence.

Et il s'éloigne, pour céder la place au bourreau.

Celui-ci, passé maître dans le métier de tortionnaire, fait, à l'aide d'une pointe acérée, plusieurs incisions en long et en large sur la poitrine ; puis, soulevant la peau à la rencontre de deux traits, il en arrache, lentement, une première lamelle.

Sur cette plaie vive, il verse un filet d'huile bouillante, et continue ainsi sur tous les membres, jusqu'à ce que le corps ne soit plus qu'un horrible amas de chairs fumantes et tuméfiées...

A chaque brûlure, Gautier, les yeux levés, comme en extase vers une vision imaginaire, s'écrie :

— Ma bien-aimée, donne-moi du courage ! ! ! Mon Dieu ! ayez pitié de moi !

De temps en temps, on entend un gémissement dans la foule.

C'est une femme qui vient de s'évanouir.

Plus la fin de cette abominable torture approche, plus les assistants sont impuissants à contenir leur pitié pour la victime, leur indignation contre les bourreaux.

Les murmures timides du début s'enflent en grondements de révolte.

Les cris de : « Grâce ! grâce ! » s'élèvent nombreux, pressants, impérieux.

Tout à coup, un grand silence se fait.

Gautier a relevé la tête et regarde fixement la tribune, dans la direction du coadjuteur.

Celui-ci, entouré de hauts dignitaires de la justice et de ses courtisans habituels, suivait, avec une joie mauvaise que trahissait sur ses lèvres le pli d'un rictus satanique, les dernières convulsions de douleur de son rival.

« Ah ! que n'a-t-elle pu, avant de mourir, le voir en cet état, son beau chevalier, cette femme qui m'a broyé le cœur ! pensait-il. Souffre, souffre encore, Gautier !... Tords-toi de douleur ! Je ne te rendrai jamais les tortures que ton bonheur m'a fait endurer !

Mais voici qu'à son oreille arrive une voix sourde, profonde, terrifiante, comme un appel d'outre-tombe.

C'est l'agonisant qui parle, et il scande ses paroles avec le peu de force qui lui reste :

— Enguerrand de Marigny... tu as affamé le peuple... tu as vendu ton pays aux Flamands... tu as martyrisé la reine de Navarre... tu as envoûté ton roi... chez le sorcier... de la forêt de Lyons.

— Assez, rugit Enguerrand, blême de fureur.

— L'heure de l'expiation approche... Je te donne rendez-vous... dans huit jours, devant le tribunal de Dieu.

— Achevez ! crie le coadjuteur debout, le bras tendu vers le bourreau.

Vers la fin de ce dramatique incident, un héraut d'armes, précédé d'un porte étendard, avait traversé la tribune, et remettait au lieutenant criminel, assis à la droite du coadjuteur, un pli scellé de cire violette, aux armes du roi.

L'attention des assistants s'était détournée aussitôt du patient, pour se concentrer sur ce point de la tribune.

— Vous permettez, messire ? demande le lieutenant-criminel, en montrant la lettre au coadjuteur.

— Lisez, répond ce dernier, avec une indifférence affectée, alors que frappé d'un sombre pressentiment, il se sentait couvert d'une sueur froide.

Cependant le lieutenant-criminel avait brisé le cachet, et commencé la lecture du parchemin.

Dès la première ligne, il crie au bourreau :

— Par ordre du roi, suspendez l'exécution.

Il était temps. Le poignard de miséricorde était levé sur le condamné !

Gautier est aussitôt détaché du poteau et étendu sur le plancher avec infiniment de précautions.

Sa vie est devenue précieuse.

Le médecin de la Prévôté, à genoux, lui soulève la tête, et essaye de lui faire absorber quelques gouttes d'un cordial énergique.

Mais les dents déjà serrées, le teint livide, les yeux presque immobiles, laissent prévoir que tous les soins seront inutiles, et que la fin approche.

Après avoir suivi de sa place ce qui se passe sur l'échafaud, le lieutenant-criminel a repris sa lecture.

Plus il avance, plus ses traits se contractent sous l'empire d'une émotion, dont il n'est pas le maître et qui ne manque pas d'intriguer vivement son entourage.

Levant enfin les yeux sur le coadjuteur :

— Messire, lui dit-il d'une voix étranglée, j'ai une douloureuse mission à remplir. Je reçois du roi l'ordre de vous arrêter sur-le-champ.

— C'est bien, répondit Enguerrand, d'un

ton dégagé, faites votre devoir. Et où me conduisez-vous?

— A la tour de Nesles.

Cette nouvelle stupéfiante se propage avec la rapidité de l'éclair, et de la tribune gagne la foule.

Les cris de : « A bas le coadjuteur ! A mort le régicide ! » éclatent de toutes parts.

Gautier se redresse ; il a rouvert les yeux et regarde la tribune où le vide s'est fait autour d'Enguerrand. Un sourire de joie suprême glisse un instant sur ses lèvres, mais sa tête retombe inerte sur sa poitrine.

Le médecin pose la main sur le cœur et se relève pour annoncer que tout est fini.

Les imprécations populaires redoublent de violence, et c'est sous une tempête d'injures et de menaces qu'Enguerrand de Marigny descend de la tribune, sans qu'une main amie vienne serrer la sienne.

En traversant la foule à côté du lieutenant-criminel, entre deux rangs de sergents de la Prévôté, à peine assez nombreux pour le protéger contre l'exaspération du peuple, il a l'impression de conduire lui-même les funérailles de sa fortune et de son honneur.

Et là-bas, dans une ombre sanglante, il voit toujours, sur l'échafaud, Gautier grimaçant un sourire de vengeance satisfaite !

## XXII

### LE GIBET DE MONTFAUCON

Quelques jours avant son arrestation, le coadjuteur, dont l'étoile pâlissait de plus en plus, était rentré soudain en faveur en acceptant de délivrer définitivement le roi de Marguerite de Bourgogne, et jamais son pouvoir n'avait paru assis sur des bases plus solides et plus durables.

Que s'était-il donc passé pour que le favori de la veille devînt l'accusé du lendemain ?

Pour expliquer ce revirement, il nous faut remonter à la nuit tragique du 29 novembre, où après l'envoûtement du roi Philippe, la preuve du crime, — la statuette de cire — avait été enlevée chez le sorcier de la forêt de Lyons par Gautier d'Aulnay, aidé d'un de ses compagnons.

Le premier soin de Gautier avait été de se rendre à Paris et de confier le précieux coffret au roi des truands, qui n'avait pas manqué de féliciter son lieutenant de ce coup d'audace.

A la suite de plusieurs entrevues, il avait été décidé que la statuette serait déposée secrètement dans l'hôtel de Charles de Valois, alors absent de Paris, dès que les circonstances paraîtraient favorables.

Or, il est bon de savoir pourquoi l'oncle du roi s'était éloigné de la capitale.

Le lendemain des funérailles du roi Philippe, Charles de Valois avait eu avec le roi Louis X, son beau neveu, un entretien des plus graves où la mise en arrestation du coadjuteur avait été sérieusement discutée.

Charles de Valois savait à quoi s'en tenir sur l'astuce et la fertilité des ressources du coadjuteur. Aussi ne doutait-il pas qu'il mettrait à profit l'inexpérience du jeune roi pour reprendre sur le fils l'ascendant qu'il avait exercé sur le père.

Il fallait donc, à tout prix réussir à convaincre le roi de la culpabilité de son premier ministre. D'ailleurs, les charges ne manquaient pas.

Charles de Valois n'eut qu'à rappeler à son royal neveu la falsification des monnaies, les forêts de la couronne saccagées, l'argent reçu des Flamands pour trahir le roi, l'accaparement des grains et les émeutes provoquées par la disette, le détournement des deniers destinés à Clément V.

— Tous ces méfaits ne sont-ils pas de notoriété publique? conclut l'accusateur. Pouvez-vous, sire, conserver à vos côtés un homme chargé de crimes et voué à l'exécration populaire ?

— Ah ! si l'on m'apportait des preuves ! soupira le roi.

— Qu'est-il besoin de témoins, répliqua son oncle, quand l'opinion publique tout entière se dresse contre l'accusé ?

Le roi, très perplexe, gardait le silence.

Charles de Valois crut le moment venu de tenter un coup décisif.

Il se rapprocha du roi, et d'un ton mystérieux :

— Enfin, sire, n'avez-vous pas entendu dire que depuis longtemps déjà Enguerrand se livre aux pratiques de la sorcellerie ?

Le roi sursauta.

Les sciences occultes lui causaient un invincible effroi.

— Est-ce possible ?

— On ajoute même, continua son oncle... — mais ceci est tellement grave que j'hésite à le répéter.

— Parlez ! je veux tout savoir, insista le roi de plus en plus intrigué.

— Eh bien, sire, on prétend... qu'il a envoûté le roi, votre père.

— Oh ! ce serait horrible !... je me refuse à le croire.

— Cependant, si je vous en fournissais la preuve ?

— Ah ! je le jure par saint Denis ! je le fais arrêter l'instant même et pendre à Montfaucon.

— Sire, je retiens ce serment et, s'il plaît à Dieu, je vous le rappellerai bientôt.

— Et Louis X tiendra sa parole, déclara le roi.

L'entretien prit fin sur cette promesse. Charles de Valois comprit que son ennemi lui échappait momentanément.

Il avait espéré mieux. Mais si inconstants, si frêles que fussent les bruits dont il s'était fait l'écho, il pressentit qu'un jour ces bruits prendraient corps et deviendraient entre ses mains une arme mortelle.

Aussitôt après les fastueuses cérémonies du couronnement, où le coadjuteur avait affirmé une fois de plus sa virtuosité de metteur en scène incomparable, Charles de Valois s'était retiré dans ses domaines de l'Anjou, afin d'éviter avec Enguerrand des rencontres qui ne pouvaient que lui être désagréables.

Plusieurs mois s'étaient écoulés, et les courriers de Paris n'apportaient aucun élément nouveau à l'accusation sur laquelle le comte avait échafaudé ses espérances.

Il commençait à désespérer quand un jour, en revenant de promenade, il vit, au détour d'un chemin, un homme en guenilles se dresser tout à coup devant son cheval.

Effrayé tout d'abord de cette brusque apparition, il avait mis la main sur la poignée de son épée.

— Que veux-tu, manant? demanda-t-il d'un ton dédaigneux et dur.

— Ne craignez rien, seigneur comte, répondit le mendiant, je vous apporte une bonne nouvelle. La preuve de l'envoûtement du roi Philippe existe. Vous la trouverez à Paris, au fond du bahut de votre chambre.

Charles de Valois se demandait s'il rêvait.

Cependant, l'assurance de cet homme, la précision de ses renseignements, donnaient à ses paroles une singulière apparence de vérité.

— Qui donc es-tu? continua le comte d'une voix adoucie.

— Un ennemi du coadjuteur.

— D'où viens-tu?

— De Paris.

— Pas à pied, j'imagine.

— Non, à cheval.

— Dans ce costume?

— Non, mon cheval est à l'hôtellerie du Grand-Veneur et mes habits de mercandier sont là, dans le fourré.

— Pourquoi ce déguisement? poursuivit le comte, vivement intéressé.

— Pour ne pas éveiller les soupçons.

— Es-tu venu de toi-même?

— Non, je suis envoyé par le grand Coësre.

— Le roi des truands?

— Lui-même. Il vous attend dès votre arrivée.

— Ah! et à quel endroit?

—Chez lui, à la Grande-Truanderie.

— Pourquoi ne vient-il pas chez moi?

— Sa tête est mise à prix; il ne peut plus sortir dans Paris.

— C'est bien. J'irai.

— Quand?

— Demain, à l'heure du couvre-feu.

— Bien. Je vous attendrai au coin de la rue de la Poterie et de la rue des Innocents.

— Comment donc pourrras-tu arriver avant moi?

— Des fanandels m'attendent avec des chevaux frais, à tous les relais.

— Alors, à demain. En attendant, voici pour ton voyage.

— Merci, seigneur comte, dit le cagou, en glissant prestement dans ses chausses la bourse jetée par son interlocuteur.

Et d'un pas rapide, il disparut.

... Le lendemain, après avoir crevé deux chevaux, Charles de Valois arrivait, vers six heures du soir, à son hôtel de la rue des Blancs-Manteaux.

Sans perdre un instant, il montait à sa chambre, congédiait son valet, et ouvrait, — on devine avec quelle émotion! — son bahut. Il en retirait aussitôt une cassette de noyer, renforcée par des coins en fer.

La clef était dans la serrure.

Il l'ouvrit d'une main tremblante.

A la vue de l'effigie du roi, son frère, et de l'aiguille qui traversait la cire de part en part, à l'endroit du cœur, il faillit pousser un cri.

Sur un morceau de parchemin, roulé auprès de la statuette, on avait écrit ces mots:

« Trouvé chez le sorcier de la forêt de Lyons, dans la nuit du 29 novembre, après le départ d'Enguerrand de Marigny. »

Le premier trouble passé, Charles de Valois se demanda comment ce coffret avait pu être déposé dans sa chambre.

Il interrogea ses gens. Personne n'était entré pendant son absence.

Il revint dans sa chambre, où un examen

minutieux lui permit de découvrir, qu'après avoir scié un barreau de la fenêtre et coupé un des vitraux — d'ailleurs très habilement ressoudé, — on s'était introduit dans son appartement.

« Ces truands sont décidément des coquins prodigieux, pensa-t-il. J'en complimenterai leur chef dans un instant. »

Peu importait, après tout, de savoir par quelle voie mystérieuse la statuette était arrivée jusqu'à lui. Elle était en sa possession : c'était l'essentiel.

Mais il ne suffisait pas de l'avoir. Il était indispensable de prouver que le coadjuteur avait participé à sa confection.

Or, il n'existait qu'un seul témoin : le sorcier, et ce témoin était son complice.

Où et comment le découvrir ?

« J'en parlerai au grand Coësre, pensa-t-il. Bien mieux que la police il saura, avec ses nombreux affiliés, retrouver notre homme. »

Et plein d'espoir, il se mit à préparer son déguisement pour le rendez-vous du soir.

... Neuf heures sonnaient à l'église Sainte-Opportune, quand un moine à barbe blanche aborda, au coin de la rue de la Poterie, un mendiant appuyé sur deux béquilles.

Les deux hommes échangèrent quelques mots à voix basse et partirent de compagnie.

Après avoir suivi son guide à travers un dédale inextricable de ruelles infectes, au milieu desquelles grouillaient des hommes, des femmes et des enfants en guenilles, le moine, — dans lequel le lecteur a déjà deviné le comte Charles de Valois, — fut introduit dans une salle basse, à peine éclairée par une lampe fumeuse.

Un homme, à longs cheveux grisonnants, vêtu d'un vieux pourpoint de velours cramoisi, attendait, assis sur un escabeau.

A l'arrivée du comte, il se dirigea vers lui en claudiquant et lui offrit un siège.

La présentation faite, le guide se retira, et l'oncle du roi de France se trouva seul à seul avec le roi des truands.

Quand, après une longue conversation, le comte se leva :

— Je vous le répète, monseigneur, disait le grand Coësre, si Guabaret est encore vivant, avant huit jours, il sera à votre disposition.

— Et sur mon honneur, répliqua le comte, je vous promets que si tout marche à souhait, l'ordre d'arrestation d'Enguerrand de Marigny garantira en même temps la vie sauve à Gautier d'Aulnay.

Ces derniers mots résumaient le pacte conclu entre Charles de Valois et le roi des truands.

Au moment de se séparer, le grand Coësre ouvrit la porte et siffla deux fois.

Un routier, l'épée au côté, arriva aussitôt.

— Gaspard, lui dit le grand Coësre, tu accompagneras ce bon moine à la rue des Blancs-Manteaux, et veilleras à ce qu'il ne lui advienne rien de fâcheux.

Et les deux hommes s'éloignèrent dans la nuit.

. . . . . . . . . . . . . . . . . .

Le grand Coësre avait tenu parole.

Huit jours ne s'étaient pas écoulés que Guabaret, enlevé dans sa retraite de la forêt de Lyons par une bande d'écorcheurs, était livré à Charles de Valois et jeté dans un des cachots du Temple.

Ceci se passait la veille de l'exécution de Gautier d'Aulnay.

Charles de Valois avait obtenu du roi pleins pouvoirs pour l'instruction du procès du sorcier.

— Le grand prévôt est un ennemi mortel du coadjuteur, lui avait dit le roi. Concertez-vous avec lui, mon bel oncle, et faites interroger le sorcier dans le plus grand secret, demain, à la première heure. Au besoin, employez la question, et si vous obtenez des aveux, prenez la peine de me les apporter au Louvre. Je vous attendrai, et nous aviserons d'urgence aux mesures à prendre... si graves qu'en puissent être les conséquences.

Le lendemain, aux premières heures de l'aube, le sorcier était tiré de son cachot et amené dans la chambre de torture.

C'était une vaste pièce voûtée, à laquelle on descendait par un escalier profond.

Elle ne recevait d'air que par la grande cheminée, où l'on faisait rougir les tenailles, et fondre la poix ou le plomb employés dans certaines questions.

De grosses chandelles de cire jaune fixées dans des bagues en fer accrochées au mur éclairaient cette pièce de lueurs blafardes et sinistres.

Les silhouettes du procureur du roi et des deux conseillers au Parlement siégeant à ses côtés se profilaient sur la muraille en grandes ombres noires.

Dans un angle, le grand prévôt et un homme masqué, au pourpoint de velours noir, attendaient en silence le commencement de l'interrogatoire.

Aussitôt introduit, Guabaret écouta, tête nue et à genoux, la lecture de l'acte d'accusation, aux termes duquel il était prévenu d'avoir envoûté par ses maléfices le roi Philippe, quatrième du nom, crime dûment établi par l'effigie en cire dudit roi, trouvée au domicile du sorcier et produite ici comme pièce à conviction.

Quand le greffier eut fini, Guabaret se releva.

— Guabaret, lui dit le procureur en sortant avec soin la statuette de cire du coffret posé sur la table, reconnaissez-vous cette effigie ?

— Oui, répondit l'accusé.

— Avouez-vous en être l'auteur ?

— Oui.

— Reconnaissez-vous avoir perpétré l'envoûtement du roi en enfonçant cette aiguille à l'endroit du cœur ?

L'accusé hésita.

— Eh bien ? insista le procureur.

— Non, répondit Guabaret.

— Alors, vous avez un complice, s'empressa de conclure le procureur.

« Quel est-il ?

— Je ne puis le nommer, murmura Guabaret à voix basse.

— Je vous somme de dire son nom, insista le procureur en élevant la voix.

Guabaret pencha la tête et garda le silence.

A ce moment, l'homme masqué vint trouver le procureur et lui parla à l'oreille.

Le procureur se leva.

— Guabaret, au nom du roi, dit-il d'un ton solennel, je suis autorisé à vous promettre la vie sauve si vous nommez votre complice.

L'accusé resta muet.

— Vous persistez dans votre silence. Alors, nous allons essayer de la question ordinaire. Qu'on prépare les brodequins.

A ces mots, le bourreau s'approcha avec ses deux aides.

L'accusé fut assis sur un siège adossé au mur, et ses bras étendus furent attachés à deux boucles de fer.

Ensuite ses jambes, mises à nu, furent serrées chacune entre deux planches de chêne et attachées ensemble avec des cordes solides

Le tourmenteur plaça un coin entre les deux planches du milieu, à la hauteur des chevilles et interrogea du regard le procureur.

Ce dernier inclina la tête.

Aussitôt, le coin fut enfoncé sous un grand coup de maillet. Guabaret pâlit et poussa un faible gémissement

Ce fut tout ce qu'on entendit.

— Continuez, ordonna le procureur.

Un second coin pénétra plus avant.

Guabaret jeta un cri déchirant, ses traits se convulsèrent, mais il ne parla pas.

— Il ne dira rien, murmura l'homme masqué en se penchant vers le grand prévôt.

— Attendez, monseigneur, répondit ce dernier à voix basse.

Au troisième coin, Guabaret, sentant ses os se briser, cria dans une horrible souffrance :

— Eh ! bien... c'est...

— Arrêtez, commanda le procureur.

Le greffier s'était penché vers le patient presque évanoui.

Les juges, haletants, étaient debout.

— Eh ! bien... c'est ?... interrogea le procureur.

— Enguerrand ! gémit Guabaret d'une voix rauque.

— Enguerrand de Marigny... le coadjuteur ?

— Oui, murmura Guabaret, les yeux hagards.

— Greffier, écrivez, continua le procureur.

Puis il ajouta, en s'adressant à un des témoins de cette scène :

— Maître Ambroise, je vous recommande tout particulièrement le patient.

— Je lui donnerai tous mes soins, répondit le médecin, mais il a, je le crains, les chevilles brisées, et de longtemps il ne pourra se tenir debout.

Pendant qu'on emportait Guabaret, le procès-verbal de l'interrogatoire, signé hâtivement du greffier, du procureur, et contresigné par le grand prévôt, était remis à Charles de Valois, l'homme masqué au pourpoint de velours.

Au moment où le comte sortait du Temple, les cloches annonçaient de leurs tintements lugubres le départ du cortège funèbre de Gautier d'Aulnay pour la place du Martoi.

« Si j'allais arriver trop tard ! » songeait Charles de Valois, en pressant le pas de sa monture.

Bien que suivi d'un seul écuyer, il avait peine à se frayer un passage à travers la foule de plus en plus compacte qui se dirigeait vers le lieu de l'exécution. Néanmoins, à partir des Innocents, l'encombrement diminua, et le comte venait de mettre son cheval au trot, quand à l'entrée de la rue Saint-Honoré, il se heurta à un gros d'archers qui se hâtait vers la place de Grève.

C'était le moment où Gautier d'Aunay,

délivré par les truands, était acclamé par le peuple en délire.

On entendait au loin des cris fondus en un grondement formidable.

« Que se passe-t-il là-bas ? » se demandait Charles de Valois avec angoisse. Et les minutes lui semblaient des heures.

Enfin, les soldats sont passés... le voilà à la poterne du Louvre... il entre chez le roi.

— Eh bien ? lui demande Louis X.

— Le sorcier a nommé son complice.

— Ah !... Et ce complice s'appelle ?

— Enguerrand de Marigny.

Le roi paraissait atterré.

— Voici, continua le comte, la constatation des aveux signée du procureur et du grand prévôt.

Le roi jeta un regard rapide sur l'interrogatoire, s'assit à sa table et écrivit, en répétant à haute voix :

« Ordre à notre lieutenant-criminel d'arrêter immédiatement messire Enguerrand de Marigny, coadjuteur du royaume. »

Le roi allait signer.

Charles de Valois l'arrêta.

— Sire, veuillez ajouter : « et de suspendre l'exécution de Gautier d'Aulnay ».

— Que signifie ? dit le roi, fronçant le sourcil.

— Sire, c'est à Gautier que nous devons la découverte de cet horrible attentat. Nous ne pouvons nous passer d'un témoin de cette importance.

Le roi réfléchit un instant.

— Soit ! dit-il en maugréant, et il ajouta la phrase dictée par le comte.

... Une heure plus tard, la porte du Grand Châtelet se refermait sur Enguerrand de Marigny.

Toutes les haines, toutes les envies, toutes les ambitions s'étaient liguées contre le coadjuteur. Elles attendaient dans l'ombre depuis trop longtemps pour ne pas saisir l'occasion de précipiter sa chute.

Pour aller plus vite, on supprima les interrogatoires.

Au bout de huit jours, l'acte d'accusation était dressé, et Enguerrand transféré du Châtelet au Temple, comparaissait dans la grande salle de l'Ordre devant un tribunal d'exception.

A la place occupée jadis par le Grand Maître de l'Ordre et les grand dignitaires siégeaient des prélats et des seigneurs dans lesquels Enguerrand reconnut tout de suite ses ennemis les plus acharnés.

En ces juges, aux visages haineux et durs, il crut voir apparaître les spectres vengeurs de Jacques de Molay et des autres Templiers, brûlés dix-huit mois auparavant sur le terre-plein de la Cité, et qui venaient aujourd'hui lui demander compte de ses infâmes machinations.

Il sentit qu'il était condamné d'avance et que toute défense serait inutile.

Il écouta donc en silence le long réquisitoire dans lequel l'accusation s'étendait complaisamment sur tous les crimes de notoriété publique dont Charles de Valois s'était fait l'écho auprès du roi.

En somme, toutes les charges ne reposaient que sur de vagues présomptions. Les preuves matérielles faisaient défaut, et le roi pourrait peut-être commuer en exil la peine capitale.

Quand le greffier aborda la question d'envoûtement du roi, et qu'on fit passer sous les yeux du tribunal la statuette révélatrice, un frisson d'horreur parcourut l'assemblée.

Enguerrand comprit que sa tête était en jeu, et que c'était sur ce terrain qu'il fallait livrer la dernière bataille.

La lecture de l'acte d'accusation était à peine finie que le coadjuteur, relevant la tête, s'avança vers le tribunal.

— Messeigneurs, dit-il d'une voix haute et ferme, l'accusation que vous venez d'entendre n'est qu'un tissu de basses et viles calomnies.

« On n'a pu produire et on ne produira aucune preuve.

« Or, on ne discute pas le néant, et si on ne juge pas avec la haine, on ne condamne pas un homme sur des bruits créés ou colportés par la perfidie d'un ennemi.

« Je ne me serais donc pas abaissé à me défendre. Mais, continua-t-il, avec une voix vibrante d'émotion, quand on ose m'accuser, moi, le serviteur dévoué, l'ami fidèle, le confident intime du roi Philippe, d'avoir envoûté à l'aide de sortilèges magiques mon bienfaiteur et mon roi bien-aimé, je ne puis m'empêcher de protester avec toute l'énergie de mon indignation. Oh ! je le sais bien, on essaie de surprendre votre bonne foi avec cette statuette de cire ; on s'appuie sur des aveux arrachés par la torture à un certain Guabaret !

« Qui vous dit que cette effigie n'a pas été créée pour me perdre ?

« Qui vous dit que ce Guabaret est un sorcier ? Qui vous dit que ces prétendus aveux n'ont pas été dictés par la haine et arrachés par la torture ?

Et croyant sentir que le tribunal n'était pas insensible à ses arguments, il poursuivit, se grisant d'audace :

— Ah ! si l'on m'avait confronté avec ce Guabaret, si je l'avais entendu répéter en votre présence l'abominable dénonciation qu'on me jette à la face, vous auriez du moins une apparence de preuve pour étayer une de vos accusations !... Mais Guabaret est un mythe !!! Guabaret ne viendra pas !

Il parlait encore quand, au fond de la salle, la porte s'ouvre à deux battants, et l'on voit entrer sur une civière, portée par quatre gardes du Châtelet, un homme d'une pâleur de cire, aux yeux caves, aux traits tordus par la souffrance...

Le grand prévôt s'était levé.

— Vous demandez Guabaret, dit-il à Enguerrand. Le voici !

L'accusé s'était retourné.

A la vue de son ancien complice, il éprouve une sorte de vertige.

Il lui semble que le sol se dérobe sous ses pieds...

— Guabaret, interroge le grand prévôt, reconnaissez-vous l'accusé ?

Guabaret s'était soulevé péniblement. Il regarde le coadjuteur et fait un signe de tête affirmatif.

Enguerrand avait déjà surmonté son trouble.

— Où donc m'avez-vous vu ? ose-t-il demander, lançant au sorcier un regard terrible.

— Vous le savez bien, monseigneur, dans la forêt de Lyons.

— C'est vrai, ricane l'accusé avec une ironie mordante, j'oubliais !... J'allais, moi, le coadjuteur, moi, le favori, vous demander d'envoûter le roi Philippe !

Le sorcier avait détourné les yeux.

— Et vous avez espéré qu'on croirait à cette invention diabolique !

— Voyons, Guabaret, interrompt le grand prévôt, l'heure est solennelle. Dites la vérité. Est-ce vous qui avez façonné cette effigie ?

— C'est moi, répond le sorcier.

— Vous entendez, messeigneurs ! s'écrie Enguerrand, déjà triomphant.

— Est-ce vous, continue le grand prévôt, qui avez enfoncé cette aiguille dans la cire ?

— Non ! répond nettement Guabaret.

— Qui donc, alors ? poursuit le grand prévôt.

— C'est...

Et Guabaret hésite, les yeux tournés vers le coadjuteur.

— Allons ! s'écrie ce dernier, payant d'aplomb, osez dire que c'est moi !...

— Monseigneur... je ne suis qu'un pauvre homme... dit Guabaret à bout de forces ; vous m'aviez donné à choisir entre l'or et le gibet ; j'ai choisi l'or. C'est moi... c'est moi qui ai tout préparé... C'est vous... qui avez frappé.

Ces derniers mots furent prononcés d'une voix mourante.

— Misérable ! rugit Enguerrand, en se précipitant sur le sorcier, les poings serrés. Les gardes le maîtrisèrent aussitôt.

Guabaret, épuisé par ce dernier effort, s'est évanoui. Au milieu d'une émotion indescriptible, le grand prévôt prononce la clôture des débats et ordonne de reconduire le coadjuteur en prison.

Peu de temps après, le greffier entrait dans le cachot de l'accusé et lui donnait lecture du jugement qui le condamnait à être, le lendemain, pendu par le cou, au gibet de Montfaucon.

Cette nouvelle, rapidement connue dans Paris, y causa une immense satisfaction. Dans certains quartiers, le peuple alluma des feux de joie autour desquels il dansa et chanta longtemps après le couvre-feu.

Le lendemain, vers deux heures, le glas funèbre qui avait annoncé le supplice de Gautier d'Aulnay tintait de nouveau à toutes les églises.

Le pont-levis de la tour du Temple s'abaissa devant la charrette, sur laquelle le coadjuteur apparut, tête nue, les mains liées, les trois cordes de supplice passées autour du cou.

Quand la foule aperçut celui qu'elle considérait comme l'auteur de toutes ses misères, celui dans lequel elle incarnait ses haines les plus vivaces et les plus implacables, ce fut un formidable débordement de huées, d'injures et d'imprécations, au milieu desquelles montaient, comme des envolées de reconnaissance, les cris nourris de : « Vive le roi ! »

Et la charrette continuait la lente et douloureuse montée de ce calvaire.

Après avoir suivi la rue Saint-Martin-des Champs, elle s'était arrêtée au pied d'une plate-forme de pierre longue de quarante pieds sur trente de large, où se dressaient seize piliers carrés. Ces piliers étaient reliés entre eux par une double rangée de poutres de bois où pendaient les chaînes de fer destinées à supporter les corps des suppliciés.

« Et c'est moi qui ai élevé ce gibet, » songeait Enguerrand. « Il n'a servi encore à aucun criminel, et le premier cadavre qui se balancera dans l'espace et servira de pâture aux corbeaux, ce sera le mien ! »

Et pendant que le bourreau le hissait sur l'échelle et attachait aux deux autres cordes la corde de jet, il entendait à ses pieds les cris de joie du peuple.

Sous une poussée du bourreau, son corps se balança dans l'espace, oscilla un instant et s'arrêta enfin dans l'immobilité de la mort.

Un immense soupir de soulagement sortit de toutes les poitrines.

Justice était faite !

Marguerite de Bourgogne et Gautier d'Aulnay étaient vengés !

FIN

*Pour paraître dans la même collection*

# ROMANS CÉLÈBRES DE DRAME ET D'AMOUR

**Le 20 Novembre :**

## LE DIVORCE DE JOSÉPHINE (H.S. 3.00)

roman
par ARTHUR BERNÈDE

**Le 27 Novembre :**

## L'ÉTOILE ROUGE

roman
par EDOUARD ADENIS

**Le 4 Décembre :**

## LA FAUTE DU PÈRE

roman
par RENÉ VINCY

*Ouvrages parus dans la même collection :*

ÉDOUARD ADENIS
- Le Secret de la Flibustière.
- La Vengeance du Caïd.
- L'Officier de fortune.
- La dernière aventure de Cartouche.
- Le Crime d'Aimer.

PAUL D'AIGREMONT
- Mère inconnue.
- Pauvre Poliote.
- Le Sacrifice de Micheline.

GABRIEL BERNARD
- La Princesse inconnue.
- Mademoiselle Don Juan.

ARTHUR BERNÈDE
- L'Incendiaire.
- Les Martyres de Paris.
- Le Don Juan des Grands Bars.
- Du Dancing au Trottoir.
- Seule avec son Cœur.
- Le Bourreau des Femmes.
- Connais-tu l'Amour.
- La Vierge du Moulin Rouge
- Martyres de l'amour... vengez-vous !
- Le Mystère du Train Bleu.
- La Maison Hantée.
- Le Crime d'un Aviateur.
- Zapata ?..
- L'Ogre Amoureux.
- Le Fantôme du Père-Lachaise
- Condamnée à Mort.
- Le Tueur de Femmes
- Les Sacrifiées.
- Le Sorcier de la Reine (3.»)
- Jean Bart (3 fr.)
- Le Grand Amour d'une Favorite. (3 fr.)
- La Belle Marion (3 fr.)
- La Devineresse (3 fr.)

H. DE BOISGUILLAUME
- Les Amours tragiques de Marguerite de Bourgogne

MAURICE BOUÉ
- Un Cadavre au plafond

JEAN BOUVIER
- Le Tr[illegible]or du Négrier.

RODOLPHE BRINGER
- La Fiancée aux millions

JEAN CLAIRSANGE
- Âmes de Ténèbres.

CHARLES CLUNY
- Des Folies de son cœur.
- Un Cœur, Deux Visages.

PAUL DARCY
- Quand le Cœur nous mène.
- La Faute Amoureuse.
- Quand tu souris, ô mon amour.
- Pour ta beauté, pour ton amour.
- Sans Amour au Cœur.
- La Reine des Musettes.
- La Dame du Soleil.

PIERRE DELCOURT
- Rêves d'Amour.
- Un Mariage sur l'Échafaud.
- Le Mariage du Sang.
- Le Dernier des Parthenay.

ANTONIN DESGRANGES
- Les Bonheurs Perdus.

PAUL DE GARROS
- L'Amour en Détresse.
- Méconnue

LOUIS GASTINE
- La Rançon du Crime.
- L'Amour en Prison.

JULES DE GASTYNE
- Le Moulin d'Amour.
- Le Bâtard Légitime.

EDMOND LADOUCETTE
- Pauvre Mignon.

JEAN DE LA HIRE
- Le Roi des Catacombes.
- Le Paladin d'amour.

MARIE DE LA HIRE
- Le Fiancé Fantôme.

HENRIETTE LANGLADE
- Serments d'Amour.
- Serments Trompeurs.
- Les Cendres d'un grand amour.
- Séduite, elle se venge !
- De l'Amour à la Haine.

PIERRE LAVEDAN
- Les Nuits Tragiques du Mont Saint-Michel.

CHARLES LE FACKY
- L'Amour aux ailes brisées.

EUGÈNE LE MOUEL
- Le Cœur de l'Inconnue.

H.-J. MAGOG
- Amour de Page.
- Le Beau Visage de l'Amour.
- La Fiancée en Pleurs.

GEORGES MALDAGUE
- Le Beau Voyage
- Rose Sauvage.
- La Mare aux Folles.
- Sans Pitié

MARC MARIO
- Mariage Maudit.
- L'Enfant du Pêcheur.
- La Belle Cigarière.

JULES MARY
- Les Pigeonnes.
- Je t'aime
- La Bien Aimée.
- En détresse.

CH. MÉROUVEL
- Le Divorce de la Comtesse.
- Angèle Méraud.
- Jacqueline.
- Rédemption.

X. DE MONTÉPIN
- Fille de Courtisane.
- Deux Berceaux, un Ruban Noir.

GEORGES MONTIGNAC
- La Disparition de Mona.

JEAN-LOUIS MORGINS
- Presque Reine.

JEAN PETITHUGUENIN
- La Dame du Bonheur.
- La Douleur généreuse.

MARCEL PRIOLLET

Les Confessions d'Amour
- J'ai tué mon Cœur !
- Morte au Champ d'Amour.
- Drame d'Alcôve.
- L'Épouse traquée.
- Le Baiser de Carmen.
- Elle aimait trop la danse.

Toute une vie de femme
- Le Berceau sous l'orage.
- La Bataille pour l'Enfant.

Les Braconniers du Cœur
- L'Homme est un papillon.
- L'Amant des Blondes.
- Pour une Nuit d'Amour.
- Non ! Monsieur le Maire.
- La Robe d'Amour.
- Le Premier Faux Pas.
- La Vierge aux abois.
- Le Marchand de Sentiments

Les "Reines du Faubourg"
- Le Gosse au Cœur d'Or.
- Mademoiselle Gavroche.
- Mimi-Cigale

REYNAUD et ROMANE
- Un Drame à Montmartre

GASTON-CH. RICHARD
- La Chiquita.
- La Jeune Fille à la Rose.
- L'Ingénue de Montmartre.
- Les Ailes de l'Amour
- Amants d'Outre Tombe.
- Dans la Jungle Humaine.

E. DE RICHE
- Le Sergent Belle Gueule.

LÉON SAZIE
- L'Amour fait souffrir.
- La Gitane amoureuse.

GEORGES SIM
- Le Chinois de San Francisco

GEORGES SPITZMULLER
- La Fleur dans les Ruines

CHARLES TORQUET
- Amoureusement.

F. VALADE
- Joli-Pinson.
- Les Jeux de la vie.
- Roman d'Amour, roman de mort.
- L'Étang du Moine Sanglant
- Le Sorcier Noir.
- Les Trois Sept.
- Le Secret du Garou.
- L'Homme des brouillards
- Soleil d'Or.

CHARLES VAYRE
- Sœur d'Amour.

CH. VAYRE & G. BERNARD
- Olive Patin, policier malgré lui.
- Le Clown Rouge.
- La Dame de Compagnie.
- Le Bracelet de Platine.
- La Belle Angèle.
- Caresse troublante, parfum nouveau.

CH. VAYRE et CH. CLUNY
- La Jolie Vendeuse.
- Cœurs de Montmartre

VAYRE ET FLORIGNI
- Fille de Bohème.

CH. VAYRE ET E. DE RICHE
- Loin des Jazz.
- La Dame aux yeux mauves.

MAXIME VILLEMER
- Crimes d'un Ange.
- Espérance.

RENÉ VINCY
- La Belle au Cœur dormant
- Silvia la Haine.
- Une Chaumière et deux Cœurs.
- Jane l'Obscure.
- L'Amour et la Douleur.

**Chaque volume de très abondante lecture sous une splendide couverture en couleurs.** ***Prix :*** **2 fr. 75**

**En vente partout et aux Éditions JULES TALLANDIER, 75, rue Dareau, PARIS (14e)**

Imp. Mauchaussat, 16, rue François-Guibert, Paris, XVe, France. — 11/1930.

IMP. CRÉMIEU, R. DES SUISSES, PARIS (FRANCE)

www.ingramcontent.com/pod-product-compliance
Lightning Source LLC
LaVergne TN
LVHW021718230826
846091LV00003BA/776